MY GARDEN, THE CITY AND ME

Rooftop Adventures
in the Wilds of London

HELEN BABBS

自然雅趣
Nature series

我的花园、
我的城市和我

〔英〕海伦·芭布丝 著
沈 黛 译

商务印书馆
The Commercial Press

2016年·北京

MY GARDEN, MY CITY, AND ME: Rooftop Adventure in the Wilds of London
by Helen Babbs
HELEN BABBS

Copyright . 2011 by Helen Babbs. All rights reserved.
Illustrations . 2011 by James Nunn. All rights reserved.

Published by agreement with Timber Press through the Chinese Connection Agency, a division of The Yao Enterprise, LLC.
(本书由Timber Press授权出版，姚氏顾问社代理。)

目录

前 言 … 6
冬 季 … 10
春 季 … 38
夏 季 … 70
秋 季 … 104
琐 记 … 130

附 录 … 136

PREFACE 前言

阴暗与光明

什么样的伦敦人会种菜呢？享受着某种家庭幸福的人？已婚，养狗，不流一滴汗，也不吐一个脏字儿，就能变出一道道自家出产的佳肴？哦，我可完全不是这样。我所生活的环境毫无幸福可言。我的厨房十分狭小，洗手间都快发霉了，房间是租来的；我没有丈夫，没有可爱的小狗，连一个像样的花园都没有。坦白地说，我也不是一个好厨子。

我有时会很忧郁，总是胡思乱想，疑神疑鬼，为此我感到不安。但我想，对每个人来说，总会有些什么事使你感到窃喜，总有些事，无论何时，总能令你开怀。

绿色空间、野生生物和我的家乡伦敦的每个细节，就是最令我振奋的三个事儿。当一切都陷入阴暗，我还可以躲进这些隐蔽的地方——在这里，满眼都是密实的绿叶和流动的伦敦风景。还有——我的屋顶。

本书讲述的是关于种植的美好，以及自然和一座城市的生态系统。它展现的是伦敦鲜为人知的一面，以及一个漂泊中的二十五六岁的青年人如何身处其中。它旨在揭示一座城市能在多大程度上容纳野生生物，也可能使你以新的眼光来看待高楼林立的空间。同时它也是一曲赞歌，歌颂园艺带给人们的满足感，哪怕你已经对它感到绝望。这并不是一本指南，而是记述在初次尝试园艺的一年里发生的种种奇遇。

好吧，欢迎你来到这个不完美的世界——在这个高度城市化的空间里，植物自然生长，各种生灵悠然漫步，而我，则试图在喧嚣中追求田园诗般的生活。

PART ONE
WINTER 冬季

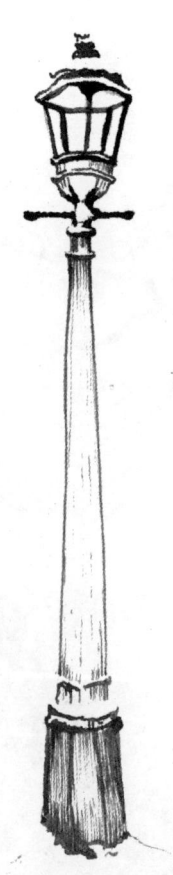

1 一月初

欢迎来到屋顶

  我的卧室有两扇门。一扇是正常的门——屋子里的进出通道,通往厨房、卫生间和街边,而另一扇门则直达我楼下邻居的厨房屋顶。这扇门通向一个隐秘的场所,一个"欢乐满人间"式的地方,那里只见一根根烟囱、一片片树冠,还有宽广的天空。别人的花园都在屋顶下方,四周房屋环绕。而在这里,你看不到路和车,但你会看到一棵美国梧桐,以及在它后面——一块儿杂乱无章的荒地,一个由节疤树和灌木组成的孤岛,竟然逃脱了被加盖的命运。

  我已经在这里住了一些日子。我在这幢可能是世界上最小的公寓里租了一个房间。我和室友蜗居在这个只有邮票大小的房子里,虽然空间有限,但我们都喜欢这儿。一年前,在走投无路的时候,我们终于搬离了那所地狱般的房子,在这儿找到一丝安宁。从此我们摆脱了潮湿、鼠患和难伺候的室友等难题,换来一些不那么棘手的问题。公寓在伦敦北区一个特别嘈杂的角落，夹在卡姆登路（Camden Road）和霍洛威路（Holloway Road）中间。但是，只要拐进我们所在的这条街，就会安静得多。虽然在屋顶上还是能听到车辆、飞机和汽笛声，但最主要的还是风声、鸟鸣和邻里声。附近有许多居民能够从窗口看到这块儿地方，他们或许在清洗衣物时陷入了遐想，或许在享受着香烟带来的片刻舒心。这个屋顶花园并不僻静，但正因如此，才更有意思。我认为它像是飘浮于城市的尘嚣之上，既不脱离整体，又有一些疏离。

说到屋顶花园，我可能有些夸大，因为其中的植物寥寥无几。我去年刚开始尝试种植，但结果并不如人意。今年的情况将会有所不同。我打算把这片狭小的、毫无特色的室外空间变成一个有机的、空中的、可供食用的花园，让它长满各色果树、蔬菜和开花植物——一个真正的起居室。

这个屋顶就像一个比较大的阳台，面积不足3平方米。那棵美国梧桐是离我最近的邻居，树上经常有松鼠和小鸟光顾。屋顶终日有阳光照射，在这个时节的日落时分，落光了树叶的枝干衬着冬日微亮的天空，显得格外美好。现在屋顶上摆放着一套桌椅，还有一些薰衣草和三丛帚石南，看起来有点儿空旷，有点儿荒凉。但在我看来，它就像一张空白的画布，在等待着奇迹发生。

与往常的冬天一样，我本着爱护野生生物、创建有机厨房的园艺理念，花了几个月时间来做规划。我阅读书籍、制作清单、画奇怪的图表，然后考虑需要购买哪些必要的硬件设施，比如修枝剪、小铲，也许还需要一把扫帚。我真的是从零开始——去年的象征性种植，我用的是一把儿童用的蓝色塑料铲，在海边买的，可能更适合用来堆沙堡，而不是做园艺。目前这个花园项目的主要目标是廉价、不需要太多时间，而且能有立竿见影的效果。耐心并不是我的突出优点，我希望这个屋顶能很快成为一个特别的地方。

我18岁来到伦敦上大学，现在25岁。我是一个十足的城市女孩，没有任何园艺经验，但我对大自然有着深厚的感情。我对城市里的野生生物十分着迷，在这个生态前景悲观的时代，我迫切地想要做一些于环境有利的事。我想对我居住的地方动些手脚，用创造性的方法在我目前称作"家"的这幢大楼四周树起一面面植物墙。从事园艺的想法看起来十分不切实际，但我喜欢这个想法——把城市里的一个灰色角落染成绿色。

MY GARDEN,
THE CITY
AND ME / 冬季

为何选择花园？

伦敦有五分之一的面积是花园，如果把这三百多万座花园全部集中起来，总面积相当于268个海德公园（Hyde Park）。这是一个蕴含无限潜力的巨大空间。我们都知道，植物能够吸收二氧化碳，许多人在乘坐飞机之后，都选择种树来消除自己对环境的歉疚。但绿色空间不仅仅是吸收二氧化碳的海绵，它还能提供阴凉，并吸收多余的水分。在城市里，水泥筑成的峡谷和砖砌的崖壁使人们更加真切地感受到全球变暖的效应。硬表面会吸收热量，这就是说高楼热得更快，而冷却却需要很长时间。城市热岛效应具有杀伤力。硬表面不吸水，所以出现洪水的风险会增加。突发的暴雨会使城市街道变成汪洋，人们无处可躲。因此在天气炎热或多雨的时候，能够吸热、吸水的绿色城市空间就有了用武之地。

想到气候变化这种问题，人们总会感到束手无策，不过，在全球都市兴建充满野性的美丽花园不失为一种有意义的做法。典型的伦敦花园占地不多，而同时，居住或租住在高楼里的许多人并没有属于自己的花园。但伦敦人已经开始在一切有可能的地方进行种植。共用的社区地块极为抢手，为了分到一块儿菜地，需要等上好几年。在一些摩天大楼上，偶尔能够见到植物屋顶和蔬菜墙，而无数的屋顶、阳台和窗台上则无所不有，从花草到鸡笼、蜂箱、成年树木，等等。

最近对伦敦花园数量和结构的研究表明了花园的可贵，但同时也指出了伦敦花园的流失。前门的花园往往变成车道，后花园则因扩建而遭殃，或者铺满露台板和户外地板。伦敦常被誉为全世界植被最丰富的城市之一，以其宽广的公共绿地、树木环绕的精致广场而著称，但这座城市的私人花园也不容忽视。在一个气候变化、物种不断消亡的时代，花园流失是城市的悲剧。野生生物需要花园提供的栖息地，城市中的人们也需要这样随处可见的户外空间来获取有益健康的安宁。

创造一个高产而有利于野生生物的绿色空间是完全合理的。种植农作物的益处多多，既能省钱，又能方便地吃到应季、健康的食物。自家的农作物采用有机、可持续的方法栽培，为昆虫提供花粉和花蜜，为人们提供食物，同时又避免了化学品和无尽的食物里程。今早吃早餐的时候，我从收音机里听政客们提到，食品安全已经同能源保障一样成为西方世界面临的重大问题。

面对气候变化、花园流失和粮食保障能力的下降，我的屋顶必须责无旁贷地变成一个正式的花园。它只是伦敦地图上的一个小圆点，仅有3平方米，但如果我们都把这样一个个小圆点变成花园，累积的结果将会产生不小的影响。

二月初

就此开始

我一直在思考,该在屋顶上种植哪些植物,主要考虑的是如何让这个花园成为我和野生生物的乐园。一些极易种植的蔬果种类不出意外地引起了我的注意。荷包豆从几个方面来看都符合我的要求:长得快,易于管理,而且这种神奇的豆蔓很快就会爬满一大片墙壁。它的花是蜜蜂和蝴蝶所喜爱的,而且结果期长达数周,可以供我享用许多餐。此外,荷包豆在花盆里长势良好,这一点非常重要,因为我种植的每一种植物都要适应完全封闭在容器里的生活。总的来说,我读过的书和资料表明,菜豆是适合所有人种植的。

现在是2月初,寒风彻骨。周末到了,我已经打定主意要种植菜豆,所以我戴上最暖和的帽子,握着一张简短的愿望清单,离开伦敦去寻找种子。我要去南海岸的霍夫市(Hove)参加一个名叫"种子星期天"的活动。这是一个每年一次的大型种子交换活动,听起来是一个购买种子的理想场所。定下新年决心后的热度刚过,我学习一系列园艺技能的目标尚没有具体的规划。我已经想了许多,但没有任何行动。因此花上一天的时间到海边去,从种植植物的人们手里购买一些种子,这看起来是个不错的主意。

起先是"种子星期天"这个俏皮的名字引起了我的注意,当我深入了解之后,我被这个通过聚会、交换种子来鼓励社区种植及保护生物多样性的想法深深吸引。最初是布莱顿(Brighton)和霍夫市有机园艺团体的会员偶然发现了加拿大的种子交换活动,于是在数年前发起这个活动,并产生了随后的推广运动。

组织者一回到英国就开始规划他们在本国的首次交换活动。这个一年一度的活动不断壮大,场地从布莱顿一个小小的社区礼堂搬到了气势非凡的霍夫市政厅。它的理念受到全国各地人民的欢迎,目前许多地方都在开展小型的"种子星期天"活动。

活动人士发出警告,有数千种未列出的园艺品种正在消失,与之一同消失的是一些使植物能在未来适应环境、延续种群的遗传物质。这项运动反对铺天盖地的大规模种植和零售,并坚信只要种植自然授粉和传统的植物,并且

 冬季

保存和交换这些种子,种植者就能够保持本地种子品种的活力,改善生物多样性。

空气冰冷,寒风凛冽,但日光十分宜人——冬日的深灰色海面上,笼罩着一层朦胧的浅粉色光晕。霍夫市到处是戴着各色绒线帽的人,他们的脸颊被夹杂着雪花的冷风吹得通红。许多人在外面,享受着周末海边的空气,他们漫步的海滩上有一排小屋,一直伸向布莱顿的方向。但我来到这里不是为了得到海边漫步的满足——我要认真地买一些种子。

大厅里人多嘈杂。我承认,作为一个经受过挫折的园艺初学者,走出自己在伦敦时的幻想,第一次独自参加种子交换活动,我感到有些晕头转向。在这里看到如此丰富的园艺技能,如此澎湃的激情,还有如此多样的种子和可能性,我深深感到自己对种植的无知。不过我事先准备了清单,这使我镇静下来。首先是荷包豆的种子(什么品种呢?),还有樱桃萝卜、香草和生食蔬菜等。但是,说实话,我的屋顶计划突然间变得不够完善,甚至有点模糊。

种子交换最吸引人的地方是那些稀奇古怪的种子名称和自制的包装,这两点都会对我的采购产生影响。像"醉妇"(Drunken Woman)和"金发懒肥婆"(Fat Lazy Blonde)生

菜、"弗拉明戈"（Flamingo Beet）甜菜、"青黄不接"（Hungry Gap）甘蓝、"匈牙利热蜡"（Hungarian Hot Wax）辣椒和"修女肚脐"（Nun's Belly Button）菜豆这样的名字，都让我忍俊不禁。我最终确定购买的早熟"红朗姆"（Red Rum）荷包豆种子是用厚的圆点纸包着，正面用流畅的花体字写着注意事项。事情就是这样开始的，我为屋顶选择了第一份种子，并没有什么明智的理由，完全是因为被这浪漫的字句和漂亮的包装所打动了。

雪中的枯枝

时间很晚了，此刻的屋顶看起来格外美丽。雪已经不停地下了好几个小时，然后是流动的人群中传来的嘈杂声，伦敦人都在集体颤抖。但在这层冰冷的雪毯覆盖下，这座城市显得益发可爱了。到了晚上，被灯光污染的夜空使得白雪泛出微黄的幽光。天黑之后，从我的窗帘缝隙里望向屋顶，整个花园都沉浸在柔和的微光里。

由于天寒地冻，园艺活动也停止了，起码我所在的伦敦北区的这个角落里是这样。虽然我在周末参加了海边的种子采购活动，但要让我自己和植物小苗长时间地待在冰封的屋顶上，现在还为时尚早。但外面的一切看起来好极了，霜雪不仅改变了它们的面貌，连气味和声响都一并改变了。不过现在的确是观察野生生物的好时机。虽然许多物种要在冬天休眠，但还是有许多观察机会。树上的叶子落光了，所以看见猫头鹰掠过夜空的机会大增。在冬季清晨的暗光里观看鸟类喂食是一种愉悦的享受，而在傍晚昏黄的光里，伴随着霜层的凝结和闪光偷窥狐狸觅食，则别有一番特别而冰冷的魅力。

这个时节最吸引眼球、最不同寻常的事就是赤蛱蝶的突然现身。这种蝴蝶通常在外屋的幽暗角落等隐蔽处过冬，但天气暖和的时候，它们会再度活跃起来，人们就能看到它们四处飞舞。天气异常影响了许多物种的冬眠模式，有时出人意料的高温会吸引它们在严冬外出冒险。很难想象这样一个雪夜会出现这种情况，但这种现象已经越来越普遍。

蝴蝶是一种脆弱的生物，它们在这个时节出现很容易受伤，因为它们会消耗性命攸关的脂肪储备来寻找花蜜。要为这些提前醒来的昆虫提供食物，有一种方法是种植寻石南、迎春花、忍冬等冬季开花植物。在紧急情况下，在外面放一碟糖水可以帮助苏醒的蝴蝶保持体能。这个时节越来越常见的不只是蝴蝶，在英国南部的一些熊蜂巢现在也能在整个冬季保持活跃。我们会看到工蜂在花丛间采集花粉；天气格外晴朗的时候，还有可能看到更大一些的蜂王四处寻找合适的筑巢地点。

事实上，在这个食物和藏身点匮乏的季节，我的屋顶上现有的一些植物给野生动物们帮了大忙。对于挑战严寒的昆虫来说，帚石南是一个很好的蜜源，而我的薰衣草丛不仅提供了冬季难能可贵的造型和色彩，它还为有需要的动物们提供了宝贵的庇护场所。

这个季节的鸟儿们也依赖人们来获取额外的养料。我会在外面放一些擦伤的苹果、坚果、种子和油脂。雪不停地下，我在想是不是该在屋顶周围挂上一串串花生，把葵花籽嵌进苹果里，然后在一个旧的塑料瓶外面装一个野鸟喂食器。也许我还会烤一个小鸟吃的蛋糕，然后把它放在半个椰子壳里。我发现此刻有小群的麻雀在屋顶附近盘旋；它们一般在中午活动，此时是阳光最强的时候。它们十分吵闹，看起来似乎最喜欢那棵美国梧桐，还有我邻居花园里的灌木丛。

在这一带，麻雀有个爱称叫"伦敦东区麻雀"，过去在伦敦很常见，但近来已经很少见了。有趣的是，现在它

/冬季

们最大的群落是在伦敦动物园里,这些棕色的小鸟喜欢在那里的热带鸟馆里跟它们的异国亲戚们待在一起。它们也经常出现在大猩猩馆里。

绿色空间的美景,尤其是从其中望出去的景象,是伦敦最美好的事物之一,也许在冬季更是如此。这是一座可以令你长时间伫立、凝视市区起伏蔓延的城市,各种古老和现代的建筑和纪念碑组成的街景中布满绿树芳草,令人赞叹不已。冬季的景色有所不同——天空显得更加空旷,太阳低悬,阳光更加炫目闪耀。

作为伦敦北区的居民,我认为最典型的景色是樱草花山(Primrose Hill)、汉普斯特公园(Hampstead Heath)的肯伍德山(Kenwood Hill)和议会山(Parliament Hill)。在这两处截然不同的绿色空间中漫步——一处是旷野,一处则狭小而整齐,我觉得它们在冬季单薄的植被覆盖下显得更加宁静而美丽。

枯枝是我最喜爱的冬季景色。汉普斯特公园有一棵树,长在一座小山的山顶,有时会在明亮得刺眼、让四周景象模糊的天空下投下美丽而复杂的影子。在树枝光秃的时候,各种树也变得容易辨别——橡树看起来像一个个巨大的老人头像,酸橙树则缀满下垂的枝条。我最爱的是英国梧桐(二

球悬铃木），在圣诞节过去很久之后，当圣诞装饰都已经取下时，它依然挂满毛茸茸的小球。

英国梧桐是伦敦最常见的树种——枝干宽阔而高大的英国梧桐遍布所有的公园和广场，也种在从市中心到郊区的各条道路两旁。英国梧桐片状剥落的树干是它在伦敦兴盛的主要原因。它能通过蜕皮防止自身受到污染。光滑的叶片也有同样的作用——光亮表面上的污垢很容易被雨水冲走，而伦敦是个雨量丰沛的地方。它的树冠上挂满毛茸茸的球果，冬天的时候，一串串在光秃秃的树枝上摇晃，看起来尤其醒目。

英国梧桐其实是一个外来的杂交物种，但它已经在英

 冬季

国生长了数百年。关于它的最早记录可以追溯到1670年。伦敦的许多英国梧桐是两百年前种植的，虽然所处的环境煤烟污染严重，空间日益狭小，但它们仍然健壮魁梧。伦敦最古老的英国梧桐在梅费尔（Mayfair）的伯克利广场（Berkeley Square）——它们的种植时间是1789年，而最大的英国梧桐则在里士满的泰晤士河畔。

彼得·阿克罗伊德（Peter Ackroyd）在他为伦敦书写的精彩传记中提到，伦敦之所以被称为具有"庄严的轮廓"和"忧郁的浪漫气息"的"树之城"，最重要的原因正是这些英国梧桐。

3　三月中旬

黎明的决定

近来有些时候感觉像是春天马上就要来了。这周我有一天早早起床,乘坐夜间巴士到哈克尼(Hackney)的东区水库(East Reservoir)去看水上日出。早晨 6 点 15 分,万籁俱寂,清冷的空气中飘浮着缕缕晨雾,平静的湖水呈现出一种偏粉红的灰色。到了 6 点 30 分,天空开始慢慢变成黄色,然后是温暖的橙色。

太阳开始偷偷窥视芦苇滩,将这些灰色的植物染成紫铜色和黑色。它像一个燃烧的红色圆盘一样升起来,上方悬着一圈浅色的云层,略微倾斜,看起来像是得意地戴了一顶帽子,后面还跟着一缕溢出的阳光。栖息的水鸟的深色轮廓在熔岩般的水上轻轻跳动。天空已经像火烧一样,但依然寒冷。霜花在晨光中闪闪发光。后来,我坐着看凤头䴙䴘——这种水鸟通过跳一种极具吸引力的配对舞来寻找配偶。很快它们就会筑巢,然后把长着条纹的幼鸟背在

 冬季

背上，在水库里游来游去。

几天后，我彻夜未眠，看了一场史诗剧。戏剧落幕后，我草草地吃了早餐，此时太阳正在升起，我在梦幻般的浓雾中蹒跚地走回家去。一路向北，天空渐渐亮起来。我感到冬天已经慢慢地走到了尽头。那天早晨的空气里有一种久违的温暖，暗示着春天要来了。

随着新的季节在脑海中浮现，也许是时候做出关于屋顶的决定了。再次拿出我此前画的那些奇怪的图表，我开始进一步计划所希望看到的花园样貌，我要决定种植哪些植物，以及如何种植。

我一直在思考该使用哪种堆肥。屋顶就是一个屋顶，与地面毫无关联。它是一个人工修建的平整表面，它本来就缺乏植物生长的要素，不是为培育植物设计的。所有植物都要种在花盆里，而且我需要的所有堆肥都要去买，因为屋顶上没有空间来自制堆肥。

我所属的本地委员会收集食品和花园废品，也就是说我可以回收这些东西，但这样一来，我就无法免费得到现成的肥沃土壤。买堆肥费用高昂，而且运输困难——这种东西很重。而且堆肥产品很多，我要精挑细选——我选的堆肥必须能够满足有机、对自然无害的要求。

泥炭依然是许多复合堆肥的主要成分，它是我正在研究的东西。研究沼泽，听起来不太光彩，对吧？但当我向人们谈到泥炭时，他们都十分喜悦。也许我倾诉的对象都是比较特殊的个体，但我不能确定就是这个原因，因为泥炭地确实是不同寻常的地方。当我逐渐了解沼泽的荒野特性之后，我就知道我应当避免使用泥炭产品。

有一位朋友，我坚定地认为他是一个都市人，在谈到沼泽时突然泪眼婆娑，追忆起他在苏格兰西海岸外的赫布里底群岛（Hebrides）做野生生物考察的几个月时光。他把那片富饶的泥炭质土地形容为真正的荒野，整个英伦三岛最偏僻的地方。另一位朋友则为沼泽中的尸体兴奋不已，那些古代尸体在被拖出泥炭地之前，一直保存在独特的酸性无氧的泥土中。

不幸的是，数十年来沼泽不断遭到破坏，一直在退化。人们使用泥炭的历史已有数百年，虽然手工切割泥炭作为燃料是一种可持续的做法，因为泥炭通常能够逐渐重生，但通过工业级的泥炭开采来生产园艺产品的确是一个很大的问题。

这一产业兴起于20世纪50年代，伴随着花园中心的崛起，业余园艺迅速发展，同时人们开始倾向于在容器中种植植物。如果说泥炭不是一种有效的种植介质，显然是愚蠢的。它能够很好地保持空气和水分，而且无菌、易于保存且相对廉价。从20世纪70年代起，它就成为几乎所有种植者的最佳堆肥选择，并对储存了大量二氧化碳、构成野生生物的重要栖息地的沼泽地带来了可怕的环境影响。

以泥炭为家的各种小动物令人惊叹，植物、苔藓和地衣也非常奇异。那里有色彩艳丽的食肉植物茅膏菜和捕虫堇，它们甚至具有一些热带植物的特性；还有精致的具有薄荷香气的香杨梅（*Myrica gale*）、罕见的灰叶姬石南（*Andromeda polifolia*）和沼金花（*Narthecium ossifragum*），更别提还有相互交织的各种不同色彩和质地的泥炭藓了。沼泽养育了鸟类和各种蜻蜓、豆娘、蛙类和蜥蜴。深色毒蛾（*Dicallomera fascelina*）密被浓毛的幼虫也非常值得一看。

除了不使用泥炭以外，屋顶还要实现有机生产。杀虫剂的引入对自然界的肆意破坏是一个可怕的事件。我无法容忍在我的花园里使用化学品。自己种植食物的好处之一，就是你能够决定你的行为不会对生态系统造成破坏。

选择有机屋顶并不是一个艰难的决定，但确实会牵涉到一些事情。由于所有的植物都是盆栽，所以就需要额外的养分。我将要选择一种堆肥，既不能含有泥炭，又必须含有一些神奇的有机成分，使我种植的作物获得丰收。这样的堆肥不是没有，但价格会更高。

另外一件事，无论采取何种除虫方法，都要遵循有机的原则。不能用杀虫剂，也不能用除虫药或其他奇效药。说实话，我本人对于除虫一事并不积极——我无法想象要费那么大力气去阻止昆虫来分享我的植物。不过等我播种的植物遭受蚜虫侵害的时候，再看我作何感想吧。

除了不使用泥炭、坚持有机生产以外，我还想让屋顶变成一个可以供人休憩娱乐的地方。我希望能躺在那儿，感受绿意的包围。虽然屋顶很小，但我希望能留出足够的空间，这样我就能邀上二三好友，一起喝一杯。我想种一些攀援和蔓生的植物，我希望屋顶有蜜蜂和蝴蝶飞舞。植物方面，我想多种一些生食蔬菜和香草，还有许多结红果的植物，还要有一大堆"红朗姆"荷包豆。

小动物

屋顶已经成为附近一些野生生物的落脚点。我猜这也是一个窥视其他动物的好位置，并且可以大致看出附近的地形。有一对乌鸫经常来造访，还有一只松鼠，喜欢在我的篱笆柱上休息，或者在花盆间穿梭。斑尾林鸽偶尔也会出现，时不时地从美国梧桐的树枝上飞下来。它们比普通鸽子更加华丽丰满，体型异常庞大，每次出现总会引起一阵骚动。

在伦敦栖息的野生生物种类之丰富，使我感到无与伦比的兴奋。它们竟然能在这样一个充斥钢筋水泥的环境中生存、适应，乃至欣欣向荣，实在是太伟大了。这几周，人们看到有只海豹在圣萨维尔码头（St Saviour's Dock）活动，这个泰晤士河上的小码头距离伦敦塔桥仅有几分钟的路程。大多数时候，它会拖着身体爬上河中一个有阳光的台子。这个台子过去是一只天鹅的地盘，现在它可不乐意了。

大眼睛的群居性海豹是分布最广的一种鳍足类动物，它们的踪迹遍及大西洋和太平洋北部，但在英国的首都并不多见。过去在冬季也曾出现过落单的海豹在泰晤士河活动的情景，每次发现海豹，人们都会激动不已，而且往往会成为晚间新闻的素材，如果有人拍到一只特别漂亮的，就更有可能了。

海豹喜欢岩石、泥滩、碎石滩，甚至海边的栈道。它们会因为天气恶劣，或者为了寻找一顿美餐溯游而上。它们喜欢晒太阳，会爬出水面，连续待上好几个小时；一般是小群体活动，也会单独行动或大部队出动。一个合适的出水活动场所，应当能够躲避陆地捕食动物和极端天气，同时又临近深水，以便获得充足的食物。在换毛期，它们的出水活动时间可以长达12小时。它们经常做出头尾同时翘起的动作。

在食物方面，它们是机会主义者。鱼类、贝类、甲壳类，凡是在如今变得清澈的泰晤士河里能找到的，它们都会捕食。就在50年前，严重的污染致使泰晤士河鱼虾绝迹，如今河里的动物种类已经达到125种。

随着3月渐渐过去，天气开始转暖，我为自己找了各种理由，尽量泡在公园里。摄政公园（Regent's Park）和肯辛顿公园（Kensington Gardens）在牛津街的不同方向，距离它的喧嚣都只有几分钟的路程。近来这两处地方深深地吸引着我。由于地处伦敦中心，那里比其他地方要暖和一些，地上已经开始长出成片的早春小花，使人无限欣喜，但最吸引人之处在于，此时会出现一些值得关注的鸟类。

在肯辛顿公园供人划船的湖里有一个小岛，岛上是位于伦敦最中心的苍鹭孵化地。在它们选中的树上，这些长得像翼龙一样的鸟儿在一个个巨大的鸟巢里抱蛋。有位老太太，其实是位修女，会定期到访，带来鲱鱼给苍鹭们当午餐。苍鹭通常独自进食,但它们对她已经十分熟悉,所以都聚拢到她的身边,用细长的腿和尖尖的喙把身材瘦小的她团团围住——这景象绝对值得一看。我已经习惯于上午在湖边散步,然后在附近的长椅上坐下来,观看这个喂食的场面。

苍鹭虽然不是珍稀鸟类,但长相十分怪异。瘦骨伶仃、棱角分明的体型,匕首一般的喙,静若磐石的耐心和谨慎追踪的动作,都使它看起来像是来自另一个时代的怪物。苍鹭常年可见,经常一动不动地站在水边,静静地等待它能用喙捕到的美味出现。它会单脚或双脚站立不动,将脖子蜷进身体,或者伸得笔直。

苍鹭从2月开始繁殖,求偶时脖子会做出花哨的动作,并拍打它们的喙。苍鹭的巢是一个很大的平台式结构,现在大树还没有叶子,很容易就能看到。伦敦最大的苍鹭孵化地在东北部的沃尔瑟姆斯托水库(Walthamstow Reservoirs)。在一个晴朗的早晨,当太阳刚刚升起,那里是一个极好的去处。水面映照出的景象奇异而又美丽。光秃秃的树上呈现出成群的野鸟的轮廓,四周环绕着公路、铁路和城市的影子。

回到市区,在精巧的肯辛顿公园,毗邻海德公园的地方，一对灰林鸮刚刚产下了四只幼鸟。这种鸟昼伏夜出，在老橡树和法国梧桐上很容易见到。幼鸟像一个个圆滚滚的褐色毛球，长着深色的眼睛、细小的喙和长长的爪子。它们虽然年幼体弱，但已经擅长攀爬，可以在树木之间飞行。

那些偶然发现这些神秘景象的人们会在离开时微带诧异。谁能想到呢？伦敦的中心区会有成群的苍鹭在一片嘈杂中哺育幼鸟，还有一对灰林鸮正在养育一窝新生的后代，而且白天的时候，我们就能够清楚地看到这些美丽的成员们。灰林鸮每年总是最早孵出小鸟，通常2月就能孵出来。天气严酷的时候，像今年这样，则会稍晚。小灰林鸮们可爱无比，它们在公园里的出现，清楚地表明春天已经来了。

上班路上

在我每天从伦敦北区前往南区的上班路上，可以见到形形色色的人。但除了每天早晨一成不变的景观以外，除了人和人造建筑以外，还有别的。在我等巴士的时候，我身边有一群不停忙碌着的海鸥和鸽子，每天都有一位女士来给它们喂食，一份实在但不太新鲜的早餐，仔细地用塑料袋装着。在不断壮大的等车队伍的注视下，鸟儿们蜂拥而上,在她身边啁啾不停,以示感谢。

伦敦曾经有许多河流,但大多数已不复存在,或者成为了看不见的地下河。每天,有一艘巍峨的红色"航船"满载货物——我也是其中之一,沿着曾经的舰队河的河道航行,顺着山势而下,与泰晤士河会合。有时候,如果驰骋想象,你还能感觉到这条消失的航道的流向,即使已被砖石和管道包围了这么久,它还在这座城市厚重的混凝土层下奔流。

我们的巴士一路向南，穿过国王十字区（King's Cross）。车上的乘客，如果不是专心阅读早晨派发的免费报纸，就会看到锈迹斑斑的燃气塔之间勃勃的生机，铁轨中间有小撮的野草顽强地生长起来，然后河道里突然一闪，在早晨微弱的阳光里像刀锋一样耀眼。

我们沿着弗灵顿路（Farringdon Road）向前，顺着已经不复存在的辅路，经过史密斯菲尔德（Smithfield）市场，这个"肉林"曾使原先的河流遭到严重污染，直至消失。这一路以灰色为主，稀疏的行道树被铸铁笼子禁锢着，扎根在砾质土里。但随着舰队加速把我们带向终点，植物又渐渐多了起来。

一旦我们在布莱克法尔（Blackfriars）与泰晤士河会合，情况就不同了。当我们开到桥上时，仿佛车上所有人都深深地松了一口气。突然间伦敦在我们眼前伸展开来。我们可以从各个角度观看——就像超高清的宽屏全景。光线也发生了变化，显现出深浅明暗，漂浮的黑影在水面上追逐着白云。天空伸开手臂，长长地伸了一个慵懒的懒腰。这不是上班的路途，而像是攀上一座山的顶峰。我想要打开双层巴士的窗户，尽情呼吸这带咸味的空气，品尝海的味道。

PART TWO
SPRING 　春 季

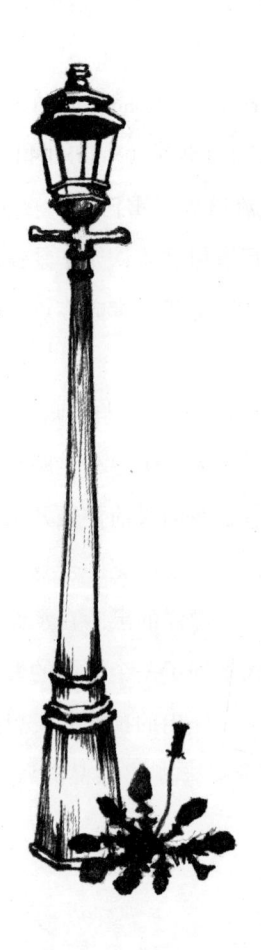

4　三月底到四月

设计乐园

在春天初至的几天里,我对屋顶进行了一番测量,并且最终拿定了主意,这样我才能继续我的种植事业。我花了些时间什么都不做,只是看着屋顶,然后回忆过去一年里的气候情况,好在正式开始园艺之前,对这片空间有更深入的了解。

除非风暴肆虐,或者气温降至冰冷彻骨,一般来说这个屋顶是个十分宜人的地方。随着天气逐渐转暖,这里会是一个理想的生长环境。屋顶朝南,整天都有充足的日照,由于有公寓外墙和楼下厨房升上来的热量,这里也比较暖和。

对于空中花园,风可能是个问题。但我的花园并不太高,周围的房屋和树木能够阻挡强气流。花园的四周还有一圈1米高的木板篱笆,可以起到防风墙的作用。真正棘手的是空间太有限,而且我要在公寓屋顶上种花,可能会产生土壤过重的问题。

　　一个初步的花园设计开始成形。没有什么严格确定的东西——即便有，也会发生变化，可以根据情况进行调整。我只是需要有个计划，才能开始干起来。我希望在我的卧室门外的右边种上番茄和黄瓜，在右上角和后篱笆处种各种香草和绿叶蔬菜，然后在左上角种一些芳香植物，主要是能够吸引昆虫的蜜源植物。此外，我真希望能种一棵坚果类的树。

　　我的小圆桌和三把椅子会留在原地，靠近屋顶左边的外缘，正好在芳香区的旁边，上方再挂一盆吊盆种植的草莓。我还想在桌子旁边种一些爬在篱笆上的香豌豆。浴室窗户下靠公寓一边的左角则会充当上盆和储物区。最后是公寓墙壁——我的浴室和卧室外墙——下的空间，我将会在那里种植荷包豆，它们会蔓延开去，覆满整面墙壁，把它变成一堵绿墙。

　　从明天开始，我打算种上菜豆，还有樱桃番茄、普通番茄和椭圆小番茄，以及芝麻菜和"醉妇"生菜等生食蔬菜。我希望有一个桃红色为主色的花盆，用来种"法式早餐"樱桃萝卜和"弗拉明戈"甜菜。

　　有了那张桌子，我就可以款待我的朋友，也可以让自己享受一下——我想种草莓、薄荷和黄瓜，我可以把它们当原料来制作皮姆鸡尾酒和柠檬汁。黄瓜我会尝试用种子来种，但草莓和薄荷我会买小苗来种。香草是必不可少的，而且有可能比较好种。我想试试用种子种甜罗勒、芫荽、意大利欧芹（*Petroselinum crispum* var. *neapolitanum*）和细香葱（*Allium schoenoprasum*），然后再买一棵迷迭香和一棵小的月桂树，希望还能弄到一些蜜蜂花（*Melissa officinalis*）和牛至的枝条。

　　就这样，在对明天信心满满的情况下，我今天去了园艺中心。我拉上了一位有车的朋友，因为我不可能拖着我要买的那一堆堆肥去坐巴士回家。我已经买好了我需要的种子，是在霍夫市的种子交换活动里买到的，还有一些是园艺杂志的赠品，以及朋友和家人赠送的。除了植物和堆肥以外，我还想买一些窗台花盆箱、三个大花盆、一个种植袋和一个吊盆。我本来就有几个花盆，而且我打算用过去几个月收集的一些小容器，有酸奶杯、水果包装盒和托盘等，来做育苗盆。

　　去了一趟园艺中心之后，我终于有了点脏乱的样子。我尽情地播种，把我的卧室变得更像一个苗圃，而不像一个休憩场所了。我做了一个摇摇晃晃的架子，用来在室内摆放我的幼苗,那些直接种在外面的种子则用一些旧的透明塑料瓶保护,可使它们免受寒流侵袭和好奇松鼠的打扰。

最近屋顶上的一切都很好,尽管还是会有迟来的霜冻的威胁。我上周难得地休了两天假,在屋顶上沐浴着早春的阳光,草草地种了一些水仙,看它们在轻风里摇曳,偶尔瞄两眼楼下邻居家的雪滴花,享用着新鲜制作的咖啡——太完美了。

我已经忘了我有多么热爱躲在这里消磨时间。它在冬季没有那么大的吸引力,我宁愿透过卧室窗户凝视着它,也不愿待在外面。但突然间它又变得魅力十足,我总是忍不住跑出去。在寒冷的月份里,我灵光一闪,种下了一些春季开花的球根,为此我庆幸不已,现在外面点缀的那些水仙花使人一见就心情愉快。

我新种了一些植物——我先前计划种植的草莓和各种香草，还有新的薰衣草、一株茉莉花、一株忍冬和一棵羽扇豆。羽扇豆长着星形的叶子，每天早上都有亮晶晶的露珠挂在上面。这些植物符合所有的条件——引人注目，香味宜人，而且很受蜂类欢迎。

近年来，蜂类的数量锐减，所以亟须给这些重要的传粉动物提供一些食物来源。它们不仅生产我们涂吐司用的蜂蜜，同时对农业也起着至关重要的作用，对全球经济来说是价值数百万英镑的财富。如果没有蜂类，开花作物将濒临绝迹，我们的粮食作物都仰赖它们。所有的家庭园丁和土地租种人都需要蜂类来实现丰产。

化石显示蜂类约有 1.5 亿年的历史，并且有证据表明，人类养蜂的历史至少已有 6 千年。蜂类是神奇的动物——这些从不睡觉的小生灵能够飞到每小时 20 英里的速度，一只工蜂在它短暂的生命中能够飞行 500 英里。

在伦敦，只有 4 种蜂类能生产蜂蜜，但所有的蜂类都在传粉方面发挥着重大的作用。一些蜂仅有数百只个体聚居在一起，但蜜蜂的蜂群可以多达 2 万只，而且每一只都是同一蜂王的后代。蜂王负责产卵，工蜂则负责采集花粉和花蜜，保证蜂群的食物供给。

/ 春季

我上周去看望了一位住在柏蒙西的空中养蜂人，她在屋顶上养了两窝蜜蜂。我认为她和她的丈夫可能是上世纪80年代的流行歌星，只是我当时没有认出来。他们很富有，也很古怪，而且给人一种他们年轻时热衷于参加聚会的感觉。现在，他们对蜂类满怀热情。

他们的两个蜂窝都能容纳上千只蜜蜂，在天气暖和的早晨，它们会朝南飞，去寻找养料。它们返回时带着沉甸甸的花粉和花蜜，最后的一点儿可能是从伦敦常见的酸橙树上采来的。养蜂人兴高采烈地向我描述这些蜜蜂会通过"摆尾舞"画出一条其他蜜蜂能看懂的路线，以此来交流哪里有最佳的美味。由于去年夏季多雨，蜂蜜产量很低，然后接下来异常寒冷的冬天又把养蜂人的整个蜂群消灭殆尽。她虽然沮丧，却没有放弃，目前正在寻找替代的蜜蜂，并且很快又会恢复蜂蜜生产。

除了蜜蜂以外，还有200多种独居蜂和黄蜂物种，它们会在柔软的砂土、泥土和泥浆中产卵，并为每一枚卵留下一份食物。最有名的一种独居蜂也许是切叶蜂，它会从玫瑰叶片和花瓣上整齐地切下半圆形的小片。它们的后腿上长着一个鲜橙色的花粉刷，因此很容易识别。此外，伦敦也有毛跗黑条蜂（*Anthophora plumipes*）、红壁蜂（*Osmia* rufa）和黄胸地蜂（*Andrena thoracica*）等。熊蜂的体形较大，体毛浓密，性情温顺，小群落聚居。伦敦也有各种不同的熊蜂，如牧熊蜂（*Bombus pascourum*）、红尾熊蜂（*Bombus lapidarius*）、熊蜂（*Bombus terrestris*）、明亮熊蜂（*Bombus lucorum*）、早巢熊蜂（*Bombus pratorum*）和长颊熊蜂（*Bombus hortorum*）等。

　　一般来说，蜂类喜欢玛格丽特菊和单瓣的钟形花——重瓣花不为昆虫提供花蜜。许多蔬果植物的花朵是蜂类不变的最爱——菜豆、豌菜豆和芳香的香草都很受青睐，还有苹果、醋栗和树莓等。如果菜地里或四周有空余的空间，杜鹃、蓝铃花、勿忘草、毛地黄、羽扇豆和报春花也能够吸引蜂类。

　　混栽是一种传统的种植方法，是将不同的植物种在一起，以达到互惠互利的目的，如提供额外的养分、帮助对抗不利天气和虫害等，这样的菜园对蜂类和农产品都有利。比如说，在芸薹属植物中间种植旱金莲，可以使前者免受毛虫侵害——毛虫会选择食用旱金莲叶，而非圆白菜叶子，同时旱金莲色彩明亮的绒质花朵也能够吸引蜂类。在樱桃萝卜丛里种些细香葱或鼠尾草，可以抵挡蚜虫，也能吸引蜂类来给其他作物传粉。

MY GARDEN, THE CITY AND ME / 春季

一棵名叫"休"的榛子树

我今天打算去买一棵我梦寐以求的坚果类的小树。我向东走到霍克斯顿的哥伦比亚路（Columbia Road）市场，有眼光的伦敦人都去那里买鲜切花、低价的植物和丰盛的早餐。它离我的住处有20分钟巴士车程，快到的时候就会看到过马路的人们用胳膊夹着满满的植物，还有植物的叶子正从路过的小汽车的车窗里露出来。

哥伦比亚路是一条狭窄的小路，从躁动的老街直插哈克尼路中部，两旁都是奇怪的店铺和餐馆。每周日这条路都挤得水泄不通，因为整条路都被花市占据了——充斥着噪声、色彩和叶子的气息。人们蜂拥而至，东区的花商们叫卖起他们的植物来。

我在园艺中心看了一下榛子树，但却在价签前犹豫了。我只愿意付30英镑，无法再高了。我来到哥伦比亚路，投入到人流之中，然后在路的尽头，我看到了一个得意洋洋的店家，他有一棵大约1米高的小榛子树，树枝弯曲，有许多花蕾。它花了我5英镑。我给它起了个名字叫"休"。回去的时候，我局促不安地坐在它旁边，望着巴士上层的

车顶，我们俩引得几个人露出微笑。现在我的屋顶和卧室都长满了刚出土的嫩芽，我有了幼苗，还有了休——花园终于有了雏形。

5　四月中旬到五月

我栽种，它们生长

每天早晨和晚上，我都会检查那些幼苗的生长情况。有时我会特别期盼，或者有些忧虑，隔几分钟就要查看一次。当我在用尺子测量一百万棵微型植物的时候，工作、家庭和异性的烦恼很容易就被抛诸脑后了。

我的荷包豆刚刚侥幸逃脱了蜗牛的攻击。我现在正在向它们讲解公寓外面的世界，增强它们的耐寒性，白天还会把它们放到屋顶上。今天下了一整天细雨，到傍晚，这些豆子看起来格外精神，柔软硕大的绿叶上沾满了水汽。蜗牛再也控制不住自己，不过我及时地发现了它。现在菜豆们已经转移到了房间里，安全无虞了。与我的植物们亲密接触了一个半月之后，我有极其强烈的欲望去保护它们，但确实是时候恢复我卧室的原貌了——它现在开始变得有点像荒野丛林了。我计划在接下来的几天里把它们永久性地搬出去。

3月份播的种，意味着现在到处都在出芽。我有一片生长健壮的番茄幼苗，很快就需要上盆了。还有芝麻菜、许多细香葱、一株旱金莲和两棵小小的罗勒。罗勒经历了许多波折，所以我格外为它们感到骄傲。在一个特别匆忙的早晨，仿佛什么事都有可能出错，我撞倒了我的罗勒花盆，让它飞了出去，泥土飞散，幼苗纷纷落在地毯上。这对罗勒来说是一个挫折，我也忍不住埋怨自己，但事已至此，也只能这样了。

现在外面的屋顶上环境适宜——傍晚的时间变长了，白天也变暖和了。屋顶已经全天都能照到4月的阳光。我上周末花了好几个小时晒太阳，其他什么也不做。我直接种在外面的种子都长得很好。菜豆和番茄比种在室内的要小得多，但我觉得长期来看它们会变得强壮。

除了蜗牛以外，我还得应对本地灰松鼠对花园的浓厚兴趣——它们似乎无法抵抗新翻泥土的诱惑，而且我发现，如果植物没有防护措施的话，必定会在这些狂热的松鼠的挖掘攻势下遭殃。我不可能让这些辛苦栽培的植物遭受这样的暴力。我精心地种在某个容器里的种子竟然在其他容器里也发起芽来，有些杖藜（*Chenopodium giganteum*）也在离当初播种点很远的地方冒了出来。松鼠显然对于在什么地方种什么东西有自己的想法,而且一旦它们的想法与我的决定冲突,就会把它们挖出来,移栽到别处去。我喜欢松鼠,但它们这种扰人的习惯着实让我有些抓狂。

至少樱桃萝卜是长起来了,还有芫荽。欧芹现在刚开始露头,小向日葵也长出了4棵。吊盆里的草莓比买来时至少长大了一倍,而且已经有了花蕾。薄荷正在疯长。作为皮姆鸡尾酒种植计划的一部分,我也试着种了黄瓜,但到目前为止黄瓜盆里还没有动静。

我最近做了一个决定,要在屋顶上辟出一个夜间植物角。我已有的茉莉和忍冬此刻都在抽芽,很快就会在夜晚吐露芬芳。我还打算种一些月见草和花烟草。这些植物的芳香气味和浅淡的颜色可以吸引依靠这两者导航的蛾类。我非常喜欢月光浴,我希望我的花园里遍布芳香植物,能在入夜后散发光彩,还能吸引夜行性昆虫。

害虫之王

我的4棵小向日葵的顶芽被害虫吃掉了,现在茎秆上还残留着蜗牛爬过的痕迹。我对此作出的反应是开始查阅害虫的资料,同时开始对防治虫害重视起来。虽然我确定

我不会对害虫发火，但当我发现花园遭遇虫害时，实在无法熟视无睹。有没有可能找出昆虫物种的一些可取之处，使它们变得不那么难以共处呢？

害虫不容易讨人喜欢，但蛞蝓和蜗牛有许多奇妙的地方，虽然也会有些恐怖。比如说，一只蛞蝓有两万七千颗牙齿，可以把身体拉伸到正常时的两倍长，还可以毫发无伤地通过剃须刀片的刀锋。普通的散大蜗牛（*Helix aspersa*）能够用一种叫膜厣的羊皮纸一样的膜将壳的开口处封闭起来，然后进入一种休眠状态，可以在无水的条件下生存数月。这不是很神奇吗？

蛞蝓和蜗牛是腹足动物，也就是说，它们通过收缩强壮有力的腹部，在湿滑的黏液层上滑行来实现运动。它们都是雌雄同体——它们有雄性和雌性生殖器官，必要的时候可以进行自体交配。英国已发现的蛞蝓有30种，一般每个花园里有2万多只蛞蝓。大蛞蝓（*Limax maximus*）可能是其中最华丽的一种，以其与众不同的斑纹和扭曲缠绕的求偶舞著称。它也会捕食其他蛞蝓，所以它们一定是园丁们的好帮手。

盖罩大蜗牛（*Helix pomatia*）是英国最大的蜗牛，生活在伦敦最南端的钙质草原上少有的土地上。这种蜗牛很不常见，而且受到严格保护，连摸它一下都需要获得许可。它的壳可以长到直径 5 厘米，寿命可以长达 10 年。小一些的森林葱蜗牛（*Cepaea nemoralis*）是美丽的小动物，壳上有粗黑的条纹，直径只有 5 毫米。伦敦还生活着稀有的德穆兰螺纹蜗牛（*Vertigo moulinsiana*）、德国有毛蜗牛（*Pseudotrichia rubiginosa*）和双褶烟管蜗牛（*Alinda biplicata*）。

不论你多么痛恨蛞蝓和蜗牛，它们在花园里的作用是不容忽视的，它们保证了绿色空间的均衡和健康。它们是重要的堆肥制造者，它们吃下动植物残骸和腐殖质，然后向土壤中排出养料。它们还会帮助植物传播种子和孢子。

它们为蛙类、蟾类、鸟类和刺猬提供食物，这一切都需要爱护野生生物的园丁们的帮助。

我仍然坚持不使用化学品的原则，所以我驱赶蛞蝓和蜗牛的方法就是四处打转，定期查看我的植物，将入侵者们逐个摘除。如果下班后那段时间赶上下雨，我就需要格外加强戒备，因为这黏滑的小东西在潮湿的夜晚最为活跃。用空瓶做成的钟形罩能够起到很好的屏蔽作用，我还打算在一些植物周围铺上碎石，因为腹足动物不喜欢沙砾状的表面摩擦它们的腹部。

我发现我可能还需要防备鸽子，虽然这取决于我选择种植的作物种类。斑尾林鸽是我们这里体形最大、最常见的鸽子，而且相当偏爱豌豆和圆白菜。如果鸽子们落在一棵芸薹属植物上，一定会将它吃个干净。

唯一能够保证这些脆弱的植物安全的方法是设围网，不过这个方法效果很好，只要种菜人了解鸽子喜欢哪些植物，并做好适当的预防措施，它们就能够和平共处。对我来说，围网也可以有效地保护我的植物免受松鼠掘土的破坏。

城市里的松鼠大胆而又敏捷，它们到处都是，并不难遇见，特别是在一些你不希望它们出现的地方。这种松鼠已经适应了现代的城市生活。关于松鼠过于肥胖及与人为敌的报道屡见不鲜。

如果大方一点，你可以认为灰松鼠活泼有趣，令人赞叹。它们能跳6米远，从9米高的地方落下来也不会受伤。它们的视力极佳，嗅觉也很灵敏。你只要试过在花园里跟松鼠斗智斗勇，就会知道它们的学习速度有多快！

它们用尾巴进行交流，一旦起了疑心，就会猛摇尾巴。它们会用气味来标记平常的路径。夜里很冷的时候，它们会把尾巴当成毯子，躲在紧实的球形小窝里，蜷缩在尾巴下面——这一点真可以说是可爱了。

当我看到原本打算喂鸟的人，结果却把松鼠喂得更肥，我就觉得，面对松鼠在我的屋顶上造成的破坏，最好的应对方式就是相信它们活泼有趣、令人赞叹，而且十分可爱。当然还可以通过卧室窗口对它们破口大骂，这样做可能也有用，但只能带来暂时的安慰。

失眠与歌声

我偶尔会严重失眠，这时候我无法安然入睡，而且头昏脑涨。我困倦而沮丧地躺在床上，听着屋顶之外传来的阵阵声响——夜间巴士开上卡姆登路；响亮的警笛声，仿佛有一千辆警车在追逐；还有盘旋的直升机，就像臃肿的斑颧丽蝇（*Calliphora loewi*）一样讨厌。幸好，这个时节还有其他声音。

黎明合唱队的表演引人入胜，使人舒心。在一个充斥着车辆噪声的地方，能够在清晨醒着的时候听到窗帘外一千只鸣鸟歌唱般的声音，是多么美好啊！思绪在我的脑中不断激荡，让我无法再继续躺在床上。

伦敦的黎明合唱队从每年3月开始，5月和6月达到高潮。这与鸟类的繁殖季节息息相关，是出于捍卫领地和引起关注的需要。一般由雄鸟来负责协调音调。乌鸫、知更鸟和鹪鹩前一阵子唱得特别响亮。有人说它们选择清早唱歌是因为这时比较安静，歌声的影响力更大。是的，至少在伦敦是这样——清晨4点，你能听到的只有鸟鸣，而在白天，与它们争鸣的声音就多不胜数了。

当你感觉不适、无法入眠的时候，屋顶是一个好去处，但我在周一清晨这个荒唐的时间站在这里，似乎不是正确的行为。虽然明摆着接下来是工作繁忙的一周，我却试图用一个从朋友那里偷来的MD播放器录下夜晚的声音。我站在这里，尽量忍住咳嗽，MD播放器小小的麦克风捕捉着所有的声音。我在想，那棵美国梧桐笼罩在阴影里，随着鸟鸣轻轻摆动，看起来很是动人。在春天的午夜时分，我的屋顶世界不止属于我一个人，所有的空间都被一只有着巨大肺活量的小鸟占据了。

登高

我正在和一群观鸟人一起登上伦敦中心的一座摩天大楼。我们是早上见面的，在一座大厦的楼下，大厦里有许多办公室和一家昂贵的餐厅。这是伦敦最高的建筑之一。穿着考究的人们通过玻璃旋转门进进出出。我们先在楼前集合，然后从后门进去。我们乘坐工作电梯上到41层。一路上我感到耳膜震动。我们爬了两段石楼梯，然后又上了一些旋转的金属台阶，然后穿过一个房间，里面满是轰鸣的机器和令人紧张的气味，最后我们又爬了两架梯子，穿过两道活板门。第二道活板门通向上方，出来后我们就到了屋顶。

伦敦向我们的四周延伸开去，十分宽广，同时又人口稠密。泰晤士河的蛇形河道平时难以见到，此时却一目了然。在这个高度，平时看起来那么坚固的高楼，现在却像是不堪一击的建筑模型。从上面看下去，那些标志性建筑让人感觉很熟悉，看起来又完全不同。一个个绿岛分布在城市中间，并环绕在它的外围。

　　这个屋顶并不是为人们的活动设计的，到处是天线、金属横梁、管道、难闻的气味，以及轰鸣的大风扇。这样的环境让人难以适应，看起来根本不像一个观鸟场所。但实际上这是一个理想的地点。我们才上来十分钟，就看到了一只游隼（*Falco peregrinus*）从西边飞过来，飞过圣保罗大教堂的尖圆顶。

　　游隼是出色的猎手，在合适的条件下能够达到时速180英里。现在这只游隼决定抓鸽子来当早餐。在伦敦的许多鸽子中，它抓住了一只正在飞行的，然后把它带到塔桥——一个景色宜人的进餐场所。它的这个选择也让我们高兴地窃窃私语起来。我们的望远镜牢牢地对准了它的准备活动，然后我们轮流来欣赏这只进餐的鸟儿。游隼用利爪捕捉猎物，但它们凶猛的喙才是致命的武器。它们喜欢在进食前撕扯它们的猎物。

　　游隼喜爱伦敦的地形，因为这里与它们的原生环境相似。它们喜欢悬崖峭壁，而城市里的高楼构成的形状与之类似——这里有无数人造的岩架，非常适合筑巢、进食。

由于人类的捕杀和环境污染，它们在英国已经濒临灭绝。但它们在伦敦成功地生存下来了，而且在过去游隼很少的地方，突然又出现了它们成对哺育后代的场景。

我们在屋顶上见到了不少游隼。我们还见到一只雀鹰（*Accipiter nisus*）从旁边经过，向西飞去。还有一只红隼（*Falco tinnunculus*）、数不清的海鸥和一些雨燕。我真羡慕鸟类栖息地特有的平静，它们借着气流滑翔，可以远离地面的一切纷扰。我总忍不住向南边看，那边泰晤士河畔的地标建筑都变得很小。不过向北看也很有趣，我可以找到

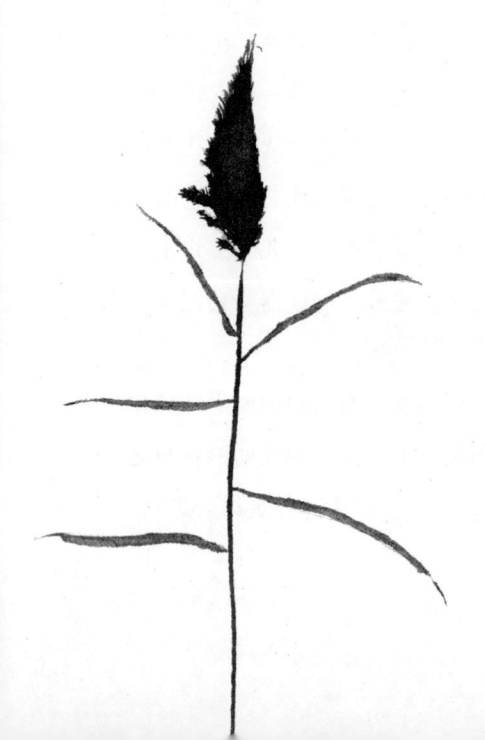

霍洛威，还可以假装我能看到我的屋顶正透过云雾故意对我眨眼。

  回到下面的街上，再仰望我刚刚站过的地方，我突然感觉头晕目眩。观鸟队现在定期攀登42塔大楼，他们希望这个屋顶能成为一个新型的自然保护区。它确实很独特。我还是第一次在伦敦见到游隼和红隼，不过现在我意识到，也许一直以来，特别是当我在市中心的时候，它们都在我的上方飞翔。如果在市区里，整个世界都在你脚下，各种猛禽在你身边起舞，谁还需要乡村保护区？谁还需要去寻找美丽的乡村呢？

6 五月中旬到六月中旬

激动人心的时刻

我感到异常兴奋。现在幼小嫩绿的草莓苗，我估计再过几周时间就能果实累累了。我自己种出的鲜红光亮的果实，直接从吊盆里摘下来送入口中，或者漂浮在皮姆鸡尾酒的杯子里——我自从 3 月以来一直梦想的景象，一定很美味。

薄荷的长势也不错，叶片绿得发亮，味道也很好。所以我用自家产的原料制作豪华版鸡尾酒的计划可以说非常顺利。我还在继续尝试种黄瓜，但是不行。事实上，我种下的是黄瓜种子，收获的却是一堆蘑菇。真奇怪。这种真菌又细又高，洁白无瑕，但可惜不适合加进饮料里。我显然不擅长种黄瓜，但我还是为草莓感到由衷的高兴。

屋顶的绿色渐渐多起来了。大部分在室内育种的幼苗现在全天都在室外茁壮成长。我 5 月初离开了两周时间，等我回来的时候，我几乎不敢相信，我的这片小小领地竟变得这般生机盎然。荷包豆已经爬上了房子的侧面，在我架起的支竿和网格上缠绕。现在已经有花了——橙红色，长得像小灯泡一样。它们看起来有点像串在绿色电线上的小彩灯，布满我白色的墙面。番茄也越长越大了。我上周把其中一些移栽到了种植袋里，它们长得不错。

种植活动并未停止。我为我的夜间植物区买了几盆月见草和花烟草。其中一株月见草在一个旧的金属滤碗里住得很舒服，这很好。我又多种了一些生食蔬菜的种子。有个塑料水槽已经真正变成了一个长满菜叶的盒子，其中有我最近得到的普罗旺斯混合种子，还有一些芝麻菜和罗勒。种植生食蔬菜可以让你马上得到满足感——我一周前才在这个水槽里播下种子，如今已经满是嫩叶了。

桃红色花盆到目前为止只成功了一半——里面基本上都是樱桃萝卜。我两个月前种的"法式早餐"樱桃萝卜，现在长得很健壮，但另半边种的"弗拉明戈"甜菜就长得不尽如人意了。在撒下大量种子之后，只有一株小苗破土而出。它的叶子是艳丽的荧光粉色，我对它倾注了许多爱心和关怀，一边试图忽略其他已经夭折的甜菜。这个花盆里还长了一株很高的杖藜，这棵紫色的植物有着天鹅绒质感的叶子。

我打算在收割前让这些粉色植物继续生长,不过我已经开始食用我的花园出产了。我会在咖喱里加入许多新鲜芫荽,在炖菜上面撒上欧芹,在纯酸奶里混进薄荷叶。这些都很好吃。

都市农场游

我刚刚发现,伦敦有许多农场——一共17座,分布在这个城市的各个角落。得知这个事实后,加上我正需要一次冒险,我便全力施展口才,说服了一位朋友陪我进行一次充满雄心壮志的农场游。我们的任务是乘坐公共交通工具,在一天之内参观尽可能多的伦敦农场。

我们的远征从东边的多克兰（Docklands）开始。在这片具有科幻风格的区域穿行，仿佛进入了另一个世界，遍地是参天的钢铁和玻璃。我很少来到伦敦的这个地区，也断然不会将它和骑马、牧牛等乡村生活联系起来。

我们游览的第一站是麦塞特农场公园（Mudchute Park），它占地32英亩，充满了田园气息，里面有一个农场和一个马术中心。今天的天气非常好，天空湛蓝，阳光明媚，有时甚至有点热。走到农场去并不远，我们到那儿的时候都很兴奋。

伦敦所有的都市农场都是免费的。我们缓缓地走着，不时停下来欣赏家羊驼、山羊、鸡、鸭和漂亮的小猪。骑士们在绕着农场骑行，沐浴着浪漫的夏日早晨的柔和阳光，身后的背景是钢铁结构的多克兰。这是一个不太和谐却又美好的空间——我从未想过可以站在一片连绵起伏、绵羊遍地的土地上，背后却是高耸的金丝雀码头（Canary Wharf）。

游完麦塞特之后，我们乘地铁到利物浦路站，11点半左右出现在伦敦中心城区。我们喝了点咖啡（嗜好咖啡因的我）和巧克力饮料（我那位嗜好可可的朋友），掉头向斯皮特菲兹都市农场（Spitalfields City Farm）走去。这座农场位于塔桥区中心的一个住宅小区里。塔桥区是伦敦最多元化但比较贫困的一个自治区。建筑紧凑的斯皮特菲兹农场为当地社区提供了一些难得的安宁。不同于麦塞特，这里主要种植蔬果，而非饲养家畜，不过农场里倒是有一些可爱的山羊和其他动物。

不论是外面的花园还是大棚，这里所有的作物都生长茂盛。当我们探索农场周围互相交错的小路时，由8-13岁的孩子们组成的小小农场主俱乐部正在忙着照料他们的农作物。这里的种植方式富有想象力，非常重视回收利用，有许多令人欣喜的看点。我喜欢那个用烤肉架做成的容器，用掏空的葫芦做成的锅，还有那个在柳条帐篷的檐下闪着银光的勺子吊饰。

离开斯皮特菲兹之后，我们放弃了火车，选择步行。走到哈克尼都市农场大约20分钟。在这个时间选择这个方向是一个战略决策，因为这家农场的小餐厅以其简餐而闻名。不过我们先围着农场绕了一圈，遇到了几头肥猪，还发现了一个带围墙的菜园。小餐厅提供的食物就来自这块儿土地。这里做了很多标签，这样参观者就可以知道这些蔬果的名字，并且借鉴他们的创意。

后来午饭吃了很长时间，我们喝了许多自制的粉红柠檬汁。然后我们走到老街站，乘巴士北上到海布里（Highbury）和伊斯林顿（Islington），然后走到弗雷特莱纳都市农场（Freightliners City Farm）。这座农场占地2.5英亩，最大的特色是一辆旧货车，现在已经成了一个植物出售点。

弗雷特莱纳最有趣的是蜜蜂和绵羊。蜜蜂有单独的蜂房，而这蓬松柔软的绵羊是前所未见的，真没法不停下来拍拍它们。我们也很喜欢坐在农场的帐篷里，因为帐篷里的时光总是很神奇的。

我们的最后一站是肯提希镇都市农场（Kentish Town City Farm），在这个地方的西北面。因此我们登上地上铁，到福音橡站，然后从车站走过去，抵达的时候大约是4点半。农场位于三条繁忙的铁路线路之间，是一个非常繁忙的位置。它是伦敦仍在经营的最老的农场，里面有鸡、山羊、绵羊、奶牛、马和一些美丽的鸭子。

农场被铁轨分隔开，形成各自的形状。这个场地环绕在铁路线路周围，所以有可能在你所站的这块儿地方，有一只奶牛正望着铁轨对面的山羊，而奶牛的哞哞声里又混杂着列车疾驰而过的声音。在我们的注视下，奶牛和它的小牛被带回牛圈里过夜。它们显然没有被周围繁忙的交通所侵扰。

虽然有火车,但农场依然显得很宁静。我们在一片偏僻的菜地里逗留了一会儿,竭尽全力才抵挡住那些树莓的诱惑。肯提希镇都市农场离汉普斯特公园也很近,所以结束了一天的农场游之后,我们最后在那长满青草的河岸边坐下来,让夜幕将我们笼罩。

都市农业

农场参观让我想到了都市农业这件事。我们去的几座农场都是公共场所,人们可以在那里陪孩子们玩耍,或者在市区里享受几个小时乡村般的时光。它们都生产农作物,但不足以满足一座城市的需要。我们是否需要全民支持和开展大规模的都市农业?伦敦是否应当发展这样一种农业体系,使城市居民能够获得相对廉价的本地生产的食物,使他们能够在这个食品安全日益缺乏保障的时代进行自我保护?

再过几年,世界上半数以上的人口将在城市居住,而且到2050年,全球人口将逼近100亿。如果这么多人都期望达到西方的生活标准,农业用地将严重不足。当前全球人口的食物需求已经对热带雨林等稀少而重要的栖息地造成了压力。由于我们持续依赖产自别处的食物供给，对野生生物具有重大意义的自然资源和地球这颗行星的健康正日益受到威胁。

一些具有雄心壮志和创新精神的人们已经开始以各种激动人心的方式来探索第一世界的都市农业。我有一天看到一则新闻，是关于布鲁克林的一座大型屋顶农场。它不仅为照料这个场所的人们生产食物，同时还可以为当地的餐馆和食品店供货。在芝加哥，一座以其屋顶绿化等开创性理念闻名的城市，已经出现了垂直农场的未来主义设计。这些都很吸引人，但经营性的案例并不多见，大部分仅仅是纸上谈兵。出于必要，一些发展中国家的城市在自给自足方面做得更好。比如说，在我所知道的城市中，古巴哈瓦那和塞内加尔达喀尔的都市农业实例都令人赞叹，使人振奋。

在伦敦，除了考虑建设特别的农场建筑和其他建筑奇迹以外，也可以以一些较为低调的方式进行创新，在偏僻和被人遗忘的土地上开展种植。学校、医院、社会福利房屋、公园及其他空地，甚至铁路和公路路边，都可以马上以新的方式利用起来——而且不需要复杂的施工。在我的房子附近，一个废弃的停车场刚刚变成了市民菜园，其中有许

/ 春季

多大大的种植床。在一个人满为患的城市里,我们需要发挥创造性去寻找种植作物、饲养家畜的地方。

周日,我和一些朋友组织了一次环绕多尔斯顿(Dalston)步行的活动,一路上我们都在想象,如何能够使城市容纳更多的植物,特别是可食用的种类。在住宅区的路上闲逛的时候,我们看到许多人都在窗台、阳台和前花园里种了东西，但是也看到许多地方被混凝土覆盖，毫无生机。

我们讨论了种植的合理性，城市里有大量空间可以为我们提供美味的绿色植物，但城市也很容易与自然界脱节，人们害怕双手沾满泥污；对于一些其貌不扬的空间，人们对它们没有归属感和责任感，很难引起大家的兴趣。目前我并不觉得自己有权去争取本地那些被滥用或被忽视的、看起来不受欢迎的土地，但我想这么做。我们讨论了游击园艺和开垦街道的想法，并且一边走一边辨认可以让野花和耐寒蔬菜生长的公有土地——从围起来的荒地到行道树周围的花坛。想象一下，如果伦敦的每棵行道树上都缠绕着一棵荷包豆，你回家的时候就可以从这些公有的茎秆上摘些新鲜豆荚回去了。

夏天来了，我的屋顶已经开始变成一个小小的丛林，到处是互相纠缠的藤蔓，还有即将到来的丰收。伦敦有许多像我这样的小丛林，而且只要我们都种植一些每周食用的植物，它们的数量还会进一步增加。其他城市出于必要，已经开始行动。对于现在的伦敦人来说，种植通常是一种爱好，甚至是一件奢侈的事，但看来这种情况可以改变。西方城市为自己生产食物的需求已经开始变得迫切了。

PART THREE
SUMMER   夏季

7 六月底到七月

幽光里

　　夜间的户外有许多奇遇等待发生。白昼的色彩逐渐消散，夜色四合，各种阴影变得更加明显。我们的眼睛所见有所不同，耳朵和鼻子变得更加灵敏。雕像般的影子拖得很长，跨过草坪，爬到了墙上。叶色浅淡的植物和白色的花朵开始在幽光里散发光芒。浓烈的香味越来越重，弥散在空气里，吸引了蛾类前来畅饮夜晚的花蜜。

　　我的夜间种植取得了成功。日落之后，屋顶就被发光的花瓣们点亮了。我最喜欢的是优雅的花烟草。它的叶片有黏性，茎秆细长，花朵美丽——芳香的喇叭状花，正面看过去，花冠呈星形，花色洁

白。随着光线暗下去，花烟草显得更加洁白明艳。我的樱桃萝卜和芫荽此时也在开花；它们的花朵是一簇簇细小的白色光点，在花烟草的周围翩翩起舞。

鬼魅般的蛾类是这些植物的授粉者，它们已经成为最迷人的黑暗访客。蛾类不如它们的蝴蝶亲戚受欢迎，人们把它们想象成单调、乏味、代表厄运的动物，容易被人造光源吸引；人们还指责它们啃咬衣服，特别是昂贵的那种。但大部分蛾类对开司米并没有兴趣，而且许多种类长得很特别，有着惊人的美丽。我们的一些本土蛾类看起来像很小的鸟，有着明亮的羽毛般的复杂的斑纹。毛茸茸的象鹰蛾（*Deilephila elpenor*）是亮粉色和黄绿色，天使衫夜蛾（*Phlogophora meticulosa*）的翅膀看起来像枯叶，而圆掌舟蛾（*Phalera bucephala*）则像一截桦树的细枝。

我欣赏蛾类并意识到它们绝不枯燥，还是在一个夏夜，我当时去国王十字区听一堂关于这些夜间飞行动物的蛾类课。那里有一个很小的自然保护区，位于连接伦敦北区和欧洲大陆的两个干线车站之间。卡姆利街（Camley Street）自然公园的活力及其隐蔽性，使其成为一个避难所。无论你多少次走过它弯曲的小路，或者凝视那里芦苇丛生的池塘，你都会赞叹，在这样一个场所，竟然有如此生机盎然的自然景象。这个事实既令人激动，也使人欣慰。晚上这里值得一游，无论是临时的聚会，还是其他更有意义的活动，比如一堂生态课。

在一个温暖的夜晚，我们聚集在那里，设了些诱捕机关把蛾类吸引过来。蛾类的诱捕主要靠一个大的光源，这对蛾子来说是完全无法抗拒的。这些夜间飞行的小动物受到引诱，被无形的线死死勾住，像着了魔一样，无法逃脱光源的引力。它们飞进一个容器里，我们对它们检查一番后将其放飞。诱捕蛾类的目的是物种监测，查看它们的世界是否一切安好，并记录下当前在伦敦飞来飞去的蛾类种类。

除了喜爱强烈光源之外，蛾类也会被花烟草、长瓣紫罗兰（*Matthiola longipetala*）、月见草和肥皂草等芳香植物所吸引，因此我决定在我的屋顶上种植这些植物。蛾类一年四季都活动，但特别喜欢4月至10月间闷热潮湿、没有月光的晚上。它们不仅是重要的传粉者，而且是蝙蝠和青蛙等动物宝贵的食物来源。

夏季

每次晚上来到卡姆利街,池塘边满是夜间飞行的昆虫,把隔壁摄政运河的蝙蝠也吸引了过来,而摄政运河本来是蝙蝠喜欢的一条飞行路线。由于杀虫剂的使用和其他环境压力造成这些昆虫的数量锐减,进而使蝙蝠的数量也出现下滑。一个昆虫丰富的绿色空间,在入夜后可以成为吸引蝙蝠摄食的良好场所。

伏翼(*Pipistrellus pipistrellus*)是一种胃口巨大的小动物。日落时分,它从夏季栖所里出来,四处飞行的时候可以吞下数千只飞虫。它们通过高频声波来定位昆虫,然后一边不停地飞行,一边把昆虫吃掉。人类听不到它们的叫声,只能将其描述为类似咔嗒声或湿手掌掴的声音。它们飞得很快,时有停顿,通常在离地面 2 至 10 米的高度曲折飞行。它们一般在飞行两小时后返回巢穴,但当晚通常会再次出动,寻找额外的食物。

蝙蝠喜欢在伦敦的河道、池塘和公园寻找食物,但也

喜欢各种建筑，因为它们在屋顶瓦片、屋檐和空心墙之间拥有许多狭小的裂缝用来栖息。人们发现，在寒冷的月份，它们会停留在海格废弃的铁路隧道里，这些隧道具有洞穴的某些特性。

伦敦另一处值得在夜晚造访的绿色景观是西边很远的一处古老的地方。切尔西药用植物园（Chelsea Physic Garden），由药师公会建于1673年。它在夏季开到很晚，所以像我这样的人就可以在下班后赶到那里，一边喝着葡萄酒，一边观看暮色降临。

我和朋友无意间选择了一个最理想的夜晚去那座植物园。天气好得难以想象，而且到了晚上，在满月之下，园子里到处是奇异的植物（其中许多有着神奇的魔力）。那晚药用植物园里的青蛙和蟾蜍是我所见过的最多的。每走一步，我们都会惊起几只两栖动物，还有许多小黑影在小路上和草地上蹦蹦跳跳。在切尔西感觉很美妙，躲在这个月光下的药师植物园的高墙里，被数百只跳跃的青蛙和蟾蜍环绕。仿佛施了魔法一样。

我喜欢那些用来描述天黑后活动的动物们的词汇。"nocturnal"是指"夜间的"，而"vespertine"（昼伏夜出）来自表示"夜晚（星星）"的拉丁词"vesper"，指的是喜欢幽暗的物种。在植物学里，"昼伏夜出"的花只在夜晚开放，而在动物学里，"昼伏夜出"的动物只在夜晚活动，就像蝙蝠。不过，我最喜爱的词是"crepuscular"（黄昏或黎明的）——当你说出这个词的时候，它会在你的舌尖上美妙地跃动。它表示"昏暗的"，一般是指在傍晚和清晨活跃的物种。

西辛赫斯特的维塔·萨克维尔-韦斯特（Vita Sackville-West）白色园是最负盛名的适合日落后游览的花园之一，她写道："我非常喜欢夜晚，感受夜里深沉的宁静……只有在傍晚，我才能站到一旁，审视我的人生轨迹。"

夜幕下的遐想

这个周末是夏至，一年中白天最长的时候。时间已经晚了，而天色还很亮。我刚结束一个关于恺撒的节目的制作工作，此时感到浇花能给我很大的慰藉，能够消除过去几个小时悲惨经历的影响。随着屋顶被夜幕笼罩，在莎士比亚剧中的大屠杀之后给这些植物一些关爱，使我感到十分宽慰。我刚刚第一次在屋顶上发现一只毛毛虫，它正停在月季"爱迪斯"上。爱迪斯是一个小盆栽，以前放在室内，是以我室友祖母的名字命名的。那只毛毛虫浑身碧绿，在暗光中映衬着爱迪斯粉红色的花瓣，显得像荧光绿。

屋顶在过去的一个月里发生了很大的改变。现在到处是浆果、豆荚和蜜蜂。好吧，说实话，浆果已经不复存在了，因为我把它们吃光了。小小的绿色草莓已经膨大、转红，然后被我适时地吃掉。它们尝起来芬芳浓郁，而且因为是我自己种的，所以格外特别。正如我之前猜测的一样，挂满成熟浆果的吊盆看起来漂亮极了。

我本想留一些带去下周的温布尔登网球赛，但我的自制力不够。当一颗草莓在阳台上向你发出召唤的时候，你是不可能视而不见的。你一旦吃下一颗，剩余的就在劫难逃了。如果你知道我是个不错的园丁，而且确实分享了我的成果，你一定会高兴的。因为产量很小，所以我要把这些植物养得更强壮，极度希望今年夏天还能收获更多的果实。

不过我还有菜豆，而且它们每一分钟都在长大。明天有位朋友要过来吃夏至饭，我们会吃掉第一次采收的蔬菜，配上加入了自产的薄荷叶末的酒精饮料。我喜欢我的荷包豆——我还清楚地记得，在那个雪天，我在海边买到了这些种子；它们在我的房间待了好几周；现在它们贴着我的浴室外墙，长成了厚厚的一堆叶子、花朵和蔬菜。我喜欢这一切。我已经成为一位自吹自擂的母亲，并且充满了自豪。

到访屋顶的有许多熊蜂，还有一些绒毛较少的蜂类。为了回报我提供的最香甜的花蜜，它们为我的植物们进行了有效的传粉。有一点是公认的——蜂类喜爱荷包豆，就和我一样。事实证明，我的菜豆是极易种植的，无论在多么狭小的空间里，它都能迅速地长出大片的枝叶。

我最近吃掉了我的第一个樱桃萝卜。对于要吃掉我花了这么长时间来种植的东西，我感到一种异样的内疚，为此我还进行了一番思想斗争，最终说服了自己。本来出于某种原因，我不知道是否能成功种植樱桃萝卜这种奇异的植物，甚至有些怀疑它的味道会很奇怪。品尝后我总算松了一口气，它尝起来就像樱桃萝卜，先是清凉，然后火辣——一种清脆、辛辣、神奇的块根。我发现樱桃萝卜很容易在容器中生长，而且它们的花朵异常美丽。其实让萝卜开花或抽薹都是不良的园艺操作，但我难以控制。

番茄长得很好，越来越健壮结实。今天，我看到有一棵植株上冒出了第一批花蕾。我迫不及待地希望看到它们结果。番茄跟芝麻菜搭配在一起，一定会很好吃。芝麻菜的长势也不错，这两周来一直是我餐桌上的常客。我已经习惯于在新鲜奶酪里加入新鲜采摘的薄荷、芝麻菜、芫荽和欧芹叶,作为热菜的一个清凉搭配。

现在外面的屋顶已经全黑了,一年中最短的夜晚开始了,蛾类已经开始飞舞。最近比较热,所以我睡觉的时候会开着门,让屋顶的微风在我的卧室里轻轻回旋,让美梦荡漾在屋顶的露珠和鸟鸣(好吧,还有凄厉的汽笛声和直升飞机的嗡嗡声)中。这一切,包括噪声在内,真美好。

8 八月

园艺习惯

作为一个二十几岁的年轻人,手头不大宽裕,住着租来的房子,要成为一名种植者是有难度的。虽然挑战性是园艺之所以有意思的原因之一,但考虑到"困难重重"定律和事实上的困难,也许连尝试都使人吃惊。但伦敦最让我喜欢的地方正是它给人无尽的惊奇。随着我开始对种植感兴趣,我发现我并不是孤军奋战,许多城市居民都在开发非常规空间的新用途。我的园艺理想根本称不上原创。

当我正式成为一名都市园丁之后,我也有了全新的眼光。我会注意那些在窗台上摇摇欲坠的花盆,以及有可能成为花坛或菜地的空地。伦敦有许多绿色空间,有各种壮观的花园,但还有数百个值得探索的规模较小、较为隐蔽的花园——社区花园、市民菜地、本地自然保护区和区种植项目。

我上周和一位名叫海德薇的女士在哈克尼进行了一次

户外活动。"来种菜"（Get Growing）是她开展的一个项目，项目为报名的人提供设备、指导和精神鼓励，让他们开始在大小、形状各异的户外空间种植蔬菜。今年夏天他们与10户人家合作，种植区域包括窗台、屋顶、门前台阶和后院等。参加的人们或者是新手，或者是屡遭失败、灰心丧气的园丁。

"来种菜"教给人们永久栽培的原则，并提供实用的一对一辅导。人们对这个项目的热情已经传播开来。海德薇谈到这个项目时，因为分享了种植知识，以及见到报名的人们成为自信的园丁，满脸洋溢着喜悦。同时它也是一个社区建设计划——他们与各种本地项目结合起来，一起致力于都市种植和推广工作。

我们骑车去了参与项目的一个花园——一个离海德薇家骑车仅需10分钟的前院。她当天已经去过一趟，用自行车拖车送去了堆肥。

海德薇不知道，我从未在伦敦骑过自行车。我没有在城市里骑过车，但那天我突然间发觉自己正骑在车上。我喜欢这种感觉。我甚至在被一辆蜿蜒18米长的大巴超过的时候没有发出一声惊叫。我这股骑车的勇气得到的回报，是我得以参观由一位名叫乔安娜的女士打理的花园。

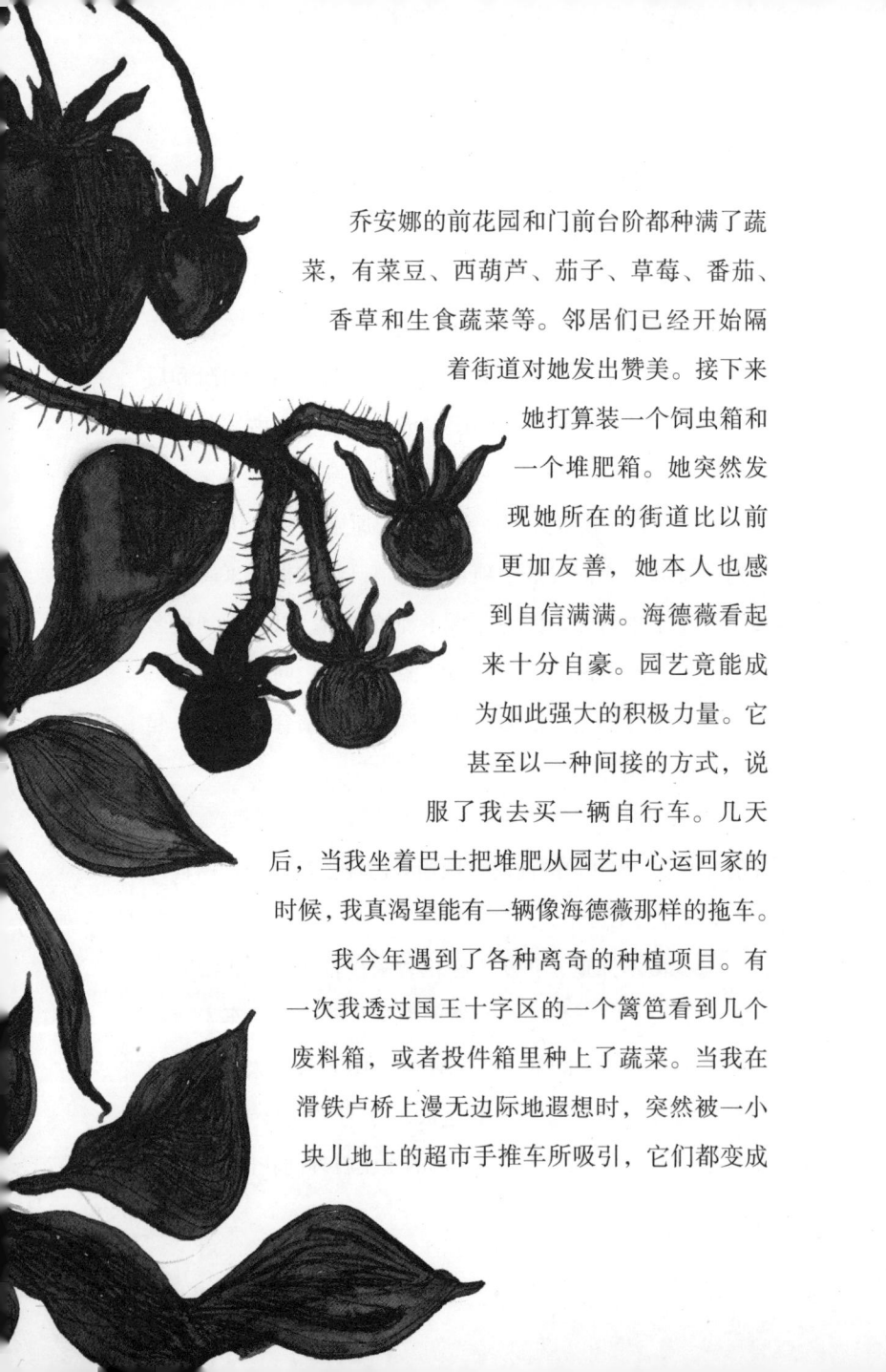

乔安娜的前花园和门前台阶都种满了蔬菜，有菜豆、西葫芦、茄子、草莓、番茄、香草和生食蔬菜等。邻居们已经开始隔着街道对她发出赞美。接下来她打算装一个饲虫箱和一个堆肥箱。她突然发现她所在的街道比以前更加友善，她本人也感到自信满满。海德薇看起来十分自豪。园艺竟能成为如此强大的积极力量。它甚至以一种间接的方式，说服了我去买一辆自行车。几天后，当我坐着巴士把堆肥从园艺中心运回家的时候，我真渴望能有一辆像海德薇那样的拖车。

我今年遇到了各种离奇的种植项目。有一次我透过国王十字区的一个篱笆看到几个废料箱，或者投件箱里种上了蔬菜。当我在滑铁卢桥上漫无边际地遐想时，突然被一小块儿地上的超市手推车所吸引，它们都变成了种植箱。在伦敦东南的德普特福德（Deptford），一些从泰晤士河里捞起的手推车，现在也成了河边的种植容器。

结果我发现大家都在搞种植。我最好的一个朋友大学毕业后在外面游荡了两年，最后到的地方是非洲，最近刚刚搬到伦敦西区。由于需要一点冒险，也为了保持她性格中的一点野性，她爬出了她的卧室窗口，逐渐把房子的屋顶平台改造成了一个苗圃。今年夏天，她成功地种植了茄子和南瓜等各种作物，不过很显然她的圆白菜长得惨不忍睹。

另一位朋友在伦敦南区的一个玻璃洗衣房里建起了一个错落有致的番茄种植园，而另一位住在卡姆登的一间公寓里，虽然没有室外空间，却有许多窗台，他告诉我他在种植草莓。还有一位朋友在她的船上有一个华丽的水上甲板花园，小船漂在泰晤士河上，紧随塔桥，可以欣赏到格林威治的风景。伦敦是一座种植者的城市，他们在各种特殊的空间里滋养着这片土地。

森林边缘

我现在已经自豪地成为一辆上世纪 70 年代的自行车的主人，车很漂亮，青铜色。我把它命名为海德薇，以此来感谢那位让我骑车的女士。我今天一路骑到清福德（Chingford），实际上已经属于埃塞克斯郡（Essex）了。我沿着李河骑行，这一湾清澈的河水一路流经的地方都是沼泽地和轻工业区。

天鹅在玻璃般透明的水面上滑行，水面四周环绕着芦苇，涟漪里是仓库、输电塔和垃圾处理厂的倒影。有许多鹤站在河边。绿头鸭（Anas platyrhynchos）的幼雏随着一只生锈的罐头盒和一个鼓起的塑料袋上下起伏。蝴蝶飞舞，艳阳高照，鹅在自行车道旁啄食。画着五彩涂鸦的河堤和一块儿木板表明，这条河现在状况良好，水獭都在这里栖息了。这次的骑行十分漫长，花了大约一个小时，但我是和一个刚结识的朋友悠闲地骑完的。那条小路非常安静，尤其当我们一路向东，接近艾平森林（Epping Forest）的时候。

我们的目的地是一个叫作霍克伍德（Hawkwood）的地方，这是一个食物种植项目，在一个风景如画的地方，位于伦敦和森林的边缘。那里的空气中回荡着啄木鸟的敲击声。神奇的是，我们听不到任何车辆的声音。这个地方曾是一个花木苗圃，为当地公园供应植物。后来资金短缺，空置了数年，然后被一群有机园丁接管，成立了一个食物种植合作社。该项目运行时间还不长，但人们都踌躇满志，干劲十足。他们在一个当地市场出售他们的农产品,并运作着一个蔬菜箱计划。他们计划通过一系列永久栽培课程在沃尔瑟姆森林(Waltham Forest)及其他地方传播这一园艺理念。这着实令人振奋。

早晨,他们让我在温暖的温室里工作,照料那些攀援的黄瓜,它们比我自己那些难以捉摸的黄瓜长得好多了。结束了一顿长长的午饭之后,我到外面去做一项稍微需要体力的工作,把旧的脚手架板捶打成种植床的形状,并运送堆肥和秸秆。我们的交谈很愉快,天气也很好。在回家的路上,我的双腿由于太用力而开始酸疼,快到家的时候,好不容易才爬上一座陡峭的山,但我感觉很开心。我回到公寓里洗澡的时候,流下来的水都是土黄色的。洗完后,我感到精力充沛,但同时又觉得筋疲力尽。只有当你一整天在外面奔波,呼吸了新鲜空气,放松了久坐的肌肉和四肢之后,才会有这种感觉。

勇气与创造力

自从有了屋顶之后,我养成了一些奇怪的习惯。周六早晨,我的第一件事就是做园艺活儿,有点儿宿醉未醒,

/ 夏季

隐形眼镜也没戴，头发乱糟糟，穿着身睡衣。我就是在这样的状态下作出了最佳的园艺决定。我发现我突然间有勇气修剪番茄，也不再为砍掉遮挡它们阳光的叶子犯难。突然间我的大脑变得能够处理有创意的捆扎工作，好让我那些杂乱的荷包豆变得井然有序。

是的，我已经开始在屋顶上做一些紧急修复的工作。我的菜豆长得太大太茂密了，已经变得十分笨拙，很容易垮塌下来。它们的网架和竹竿，在它们幼嫩的时候看起来是那么有力的支撑，现在只能勉强维持它们的秩序。它们看起来好极了，是一大片野生似的绿色藤蔓，但它们也造成了一定程度的破坏，尤其是刮风的时候。说到对它们的控制，我已经用一个线团做了一个别出心裁的加固，希望它们现在安全了。我昨天晚饭吃掉了一些菜豆，都是嫩的豆荚。它们很美味，总算有点安慰。我周末给一位朋友吃了一点点，数量少到有点尴尬。我已经得到了教训——不要试图用超大号的菜豆来获得人们的赞叹。小豆荚要好吃得多，即使它们的样子有些寒碜。

目前屋顶上最大的好消息是我已经有了许多番茄。那些植株看起来健康强壮，挂满了花和小果子，我忍不住要每天看着它们越长越大，越长越圆润。有些已经是圆形，有些是李子形。我的标签系统终究不能抵御天气变化，所以我现在无法确切地分辨品种，但我觉得也没关系，只要它们味道好就足够了。

我迫不及待地想看到它们变红。我现在想的全都是刚摘下的新鲜番茄，切成片，上面放上刚摘下的新鲜罗勒或刚摘下的新鲜芝麻菜。夏季的生食蔬菜天堂，就在我的屋顶上，离我的床不过短短几步路。我想象着我很快就能穿着睡衣，吃到用直接从藤蔓上采摘的带着阳光温度的番茄做的早餐了。就像之前的荷包豆一样，我从这些番茄还是细小的种子时就与它们非常熟悉，所以看到它们开花结果就更加激动了。

我享用着我种植的生食菜叶，几乎每天都要吃，并且为一片菜叶里蕴含的丰富浓烈的味道快乐不已。同时我也享受着采摘的过程，当我花5分钟采收晚饭吃的菜叶时，有一种宁静的感觉。这个时候很适合冷静的思考。

过去几周是屋顶开花最盛的时候。除了花烟草以外，黄色的月见草，一枝枝的紫色薰衣草，还有深橘色的旱金莲，都开了。我最近得到了一棵西葫芦苗，现在已经有5朵鲜亮的花了。这些花意味着这里不断有蜂类造访。它们是颇受欢迎的同伴，看起来好像是在从薰衣草上啜饮花蜜。我就蜷在旁边看书。今天我第一次看到一只蝴蝶。我花了 15 分钟在屋顶上尾随着它，试图拍一张照片，但它很不情愿。最后，被一个拿着相机的女孩追得不堪其扰，它终于奋力振翅飞走了，在烟囱林立的屋顶上越飞越远，而我一张照片也没拍到。

在我十分确定是我用种子或幼苗种植的植物中，有一些莫名奇妙地冒出来的小东西。在一个旧的绿色瓷盆里，有一棵植物开出了极小、极紫的花，而据我所知，这个盆里只有一点点易碎的旧堆肥。其他还有一些比较容易识别的植物，比如一棵长在旧篮子里的蒲公英一类的植物。我仔细地看着它。我本来希望它是多肋稻槎菜（*Lapsana communis*），但我现在觉得应该是一种山柳菊属（*Hieracium sp.*）植物，它的英文名"Hawkweed"是个不错的名字，但可能会令人不悦。

还是在这个篮子里，那棵轮廓优美的紫色杖藜越长越大。这棵杖藜很有意思，因为我本来以为种的是甜菜。我想一定是松鼠们把它移栽过来的。虽然甜菜不见了——这种看起来容易种的叶菜我却种不来，但我对杖藜还是很满意的。它无光的叶子看起来好像在浓浓的紫粉里蘸过，而且我喜欢它高挑、优雅、纤细的样子。

河滩寻宝

泰晤士河长呼了一口气,河道只剩下一半的宽度。阳光把水映照成暗银色,好像河道上系了一条折叠的丝带。它退潮后留下了丝绸般的烂泥,被倒影分隔开来,还有满是碎砖、碎罐和碎石的河滩。我们的空档来了。我们只有一个小时的时间进行河滩寻宝,我们要全神贯注地翻看石头和砖块。

这里的地形对我来说很陌生,我的双脚更习惯柏油路和地毯。泥土在我脚下滑动,想让我陷下去,并将我的鞋底团团围住,使它们沾上一些肥沃的灰色物质。稍远一些的地面上全是被丢弃的空壳,仿佛许多等待毁灭的空房子,这片未经雕琢的沙滩在脚下发出美妙的嘎吱嘎吱声。

我静静地站在这块儿刚刚裸露出来的地方,目光投向河面。海鸥在水上平台上歇息,鹅在上下啄食,一只苍鹭正在水边

捕食。在对岸的岸边,有一把白色的遮阳伞正在一丛深绿色中间穿行。那些树看起来颜色很深,因为我们满眼都是阳光,而那位撑伞的女士看起来更白了,像个幽灵,或者一截浮木。

我们边走边聊,试图得到一点属于我们自己的安静独处的时间。我在一片潮湿中蹲下来,将我的手指插进凉爽的淤泥里。翻开被河水冲蚀的砖块和光滑的石头后,伦敦将她不为人知的一面展现了出来。这片由历史的碎片构成的沙滩上蕴藏着密集的生命,我看到微小的动物在罗马遗迹中筑巢,在生锈的工业遗留物中舒适自在,在维多利亚时代的茶具裂片和破碎的宜家餐盘间生活。

有一块岩石引起了我的注意,像一匹印着小圆点的布料,这些图案是水蛭被太阳炙烤后留下的印痕。活水蛭时而收缩,时而伸长,反映出它们在潮汐河中的栖所的运动。水蛭在零散的砖块的下方闪闪发亮,旁边还有几乎透明的小虾。这里有数百只水蛭,它们对我的打扰表示很愤怒。

继续向前,我注意到一些刚露出来的沼泽似的小岛,它们的一侧有一些纹样,那是水和水里的生物造成的。那样的质感仿佛在叫人去触摸。外来的中华绒螯蟹在湿滑的烂泥滩上建造了童话般的洞穴，全部都选在有野草、芦苇和柳树遮蔽的地方。

在我们脚下的小浅坑里，有鱼儿在游动。渔网在水里扫过，兜起了出乎意料的物种。比目鱼对我们的探险十分警惕，于是把自己伪装了起来。它们是我们本土产的变色高手，能够在河底的沙砾中隐身。一只海蟹，显然经历过许多水下的严酷考验，缺了一只螯和一条腿，被我们拉了出来，放在观察盘里。另外还有一只小蟹，刚刚长出软壳，摸起来柔软而有弹性。

我们的时间到了。我们离开不断被水淹没的河岸，回到台阶上，回到做了防洪加固的街道上。河水开始吸气，不断上升、伸展，散开并摆动着它的头发，迎接夜晚的降临。天空变得柔和，把水染成了橙色。东流入海的河水水量越来越大。

行踪诡异的鳗鱼

虽然我从未亲眼见过，但行踪诡异的欧洲鳗（Anguilla anguilla）确实与伦敦的河流有着密切的联系。每一个伦敦东区人都知道鳗鱼冻，曾经很常见，但现在可能已经成为一种东区风味小吃，甚至是一道美味佳肴了。鳗鱼是泰晤士河中最有意思、最神秘的物种之一。鳗鱼某些时候在伦敦生活，它们有各种颜色，寿命很长。它们源自水较咸的马尾藻海（Sargasso Sea），而且会在繁殖期洄游到那里。

鳗鱼的叶状幼体随着墨西哥湾暖流和北大西洋漂流游向欧洲和北非。当它们到达欧洲海岸后，会蜕变成透明的玻璃鳗，再继续在近海游动，然后随着潮水进入河口和潮汐河。淡水和海水的混合会引发色素沉着。在这个阶段，它们被称为幼鳗。

鳗鱼会在这个环境里生活许多年，或者在河口的海岸线附近流连，或者游到淡水里，然后它们会变成黄色，体重和身长都会增加。到达成熟期后，鳗鱼的眼睛会变大，头部变宽，脂肪含量增加，腹部皮肤开始变成亮银色或青铜色。

最后，滑溜溜的银鳗会顺流而下，回到它的繁殖地。人们对鳗鱼的北大西洋迁徙所知甚少，但是一回到马尾藻海，它就会生活在烂泥里、裂缝里和石头下面。它们在冬季和早春产卵。

人们认为从上世纪 70 年代至今，抵达欧洲的鳗鱼数量已经下降了约 90%。可能的原因包括过度捕捞、寄生虫传播、水电站等河流障碍，以及北大西洋涛动、墨西哥湾暖流和北大西洋漂流的自然变化。多氯联苯（PCB）污染极有可能是鳗鱼数量减少的另一个重要原因。在伦敦观赏鳗鱼的最佳时间是6月底到7月初。科学家们正在努力加深对这一受威胁物种的了解，他们在泰晤士河的各条支流设了鱼笼，用来监测游经当地的鳗鱼数量。

9　八月中旬到九月

我的起居室

　　我之前都不敢相信,我的番茄也会渐渐泛红,从绿色变成橙色,直至熟透变成红色。我无法告诉你我有多么自豪,是我亲手把它从一粒种子养成了一棵结果的健壮植株。我知道我现在有点儿情绪化,有点儿怀旧感伤,可能还有点儿荒唐,但是想想早春时分那些躲在我房间里的幼苗,再看看它们现在的样子,实在是很有趣。而且这些番茄很美味,是那种只有自家种的番茄才有的味道。

　　不过在过去的一个月里,它们格外需要我的洒水壶的照料,如果我胆敢在天热的时候不理睬它们,它们就会蔫得厉害。屋顶最近看起来有点儿无精打采,因为下过几场暴雨。但许多花盆都有东西遮挡,有时它们在下雨时依然需要浇水。

　　我喜欢浇水,这件事几乎有一种使人沉思的能力,但是在办公室度过了漫长的一天之后,又折腾到深夜,我承认为这些植物解渴都成了一件难事。最近屋顶上的主要工作就是浇水，以及控制菜豆、番茄的长势。它们已经长得过于庞大，因此我必须做很多修剪和捆扎的工作。

我的公寓真的很小，有了这个屋顶，使我的卧室面积增加了一倍。我时常在晚上临睡前或早晨起床后走到外面，而且如果没有下雨，我总是在外面吃饭。这是一个热闹的场所，在许多窗口的注视下，在几条航班航道下方，被道路和各种家庭聚会的噪声所侵扰，但它仍然是我认为最宁静的地方。

在这里，我可以静悄悄地偷看狐狸在几栋房子之间窜来窜去，也可以欣赏蜘蛛网上晶莹的露珠。这是我感觉最自在的地方，也是我对这座城市感到最亲切的地方，仿佛我拥有了自己的一方小天地，同时我也成为整个城市体系的一部分。我喜欢独自待在这里，那些孤单漫长的下午和夜晚都过得很愉快。但分享也是一件美事，而且屋顶已经成为我所期望的起居室，将我蜗居的公寓扩展到了它的四面墙之外，给了我款待朋友的空间。这里适合慵懒的周末咖啡、蛋糕和美酒。这里也是我展示园艺成果的场所。

在培育自家果蔬的地方享用它们做成的饭菜，将是最有满足感的一顿饭。人们总是会赞叹你高超的园艺水平，你完全不必具备厨神的技艺。我在屋顶上招待了两位大学里的朋友。食物很多，有直接从花盆里采下的生食蔬菜，刚摘的豆荚稍微蒸了一下，晒了一天的番茄还留着余温，还有最重要的——饮料。大壶的潘趣酒，用了花园里的叶子来调味。新鲜薄荷在这个情境下是多么巧妙啊！我们在渐渐暗去的天色里边吃边喝，一边玩着高难度的拼字游戏，直至醉得不省人事。

"激进自然"

我周日下午去了多尔斯顿磨坊，它是伦敦东区一块荒地上的临时设施，属于正在展出的"激进自然"（Radical Nature）展的一部分。磨坊位于繁忙的多尔斯顿换乘站后面的一块楔形的地块，处于一幢废弃坍塌的大厦、一个车库和一个购物中心停车场之间。一群建筑师和环保主义者占领了这个地方，把它改造成了一架转动的风车、一片麦田和一个演出空间。我和我的朋友本来打算在那里待一个小时，结果却足足待了四个小时。我们被人劝说去参加了各种手工活动，同时我们也很陶醉于这个获得短短几周的新生而变身成为社区花园的空间。

这个磨坊的理念是与所有走近这个空间的人一同进餐，这里的面包都是用刚磨好的面粉现烤的。小麦看起来漂亮、饱满，泛着金色，散开来像一片沙滩，与旁边大厦喷满涂鸦文字的砖墙相接。这个场所和这个项目的临时性，以及它从构想到实现、再到分解的速度，都赋予了它打动人心的力量。真有幸能够进入伦敦乃至所有城市都可能有的无数神秘的废弃土地中的一块，能够在其中探秘并认识到它的巨大潜力。

我还去看了"激进自然"展的其他部分。这个展览关注的是1969年以来脱胎于大地艺术、环保行动和乌托邦理想的实验性艺术和建筑。自然数百年来一直为我们提供着创造性的灵感，但策展人表示，自从上世纪60年代以来，自然界的退化越来越明显，因此迫切要求艺术家和建筑家们对这个变化的世界作出回应。我喜欢这个想法，但我认为展览本身并不如人意。

不过泰特画廊（Tate Britain）的理查·朗回顾展对我而言真是精采绝伦，发人深省。我对大地艺术不甚了解，但理查的石雕和配着诗意短句的徒步照片都深深地打动了我。今年和明年，伦敦的其他主要场所都筹划了多场与环保主义和自然界有关的艺术展。看来这是当下的一个热门主题,大概因为我们大部分人已经渐渐意识到自己内心的环保主义倾向,并且希望以某种方式作出反应,比如说创造或参观一些反映我们的环保观念的东西。

焦枯的风景

我喜欢热天。有太阳的时候,一切想要读书、学习或者做点儿有用之事的想法都会被打消,我会一连几个小时坐在屋顶上,在阳光下打个盹儿。虽然我也可以懒惰至极,但我最近有一股探险的冲动,想要在这有些焦枯的伦敦城里穿行,在其中寻找一些草深、有昆虫活动的地方。

幸运的是,在我的屋子附近就有这样一个地方,往阿森纳的方向溜达过去,15分钟就到了。这个地方有一片很大的足球场地、几条铁路线路和一个名叫吉莱斯皮公园(Gillespie Park)的自然保护区。公园沿着铁路修建,从那里能隐约看到足球场,以及它后面的公寓楼的边角。

我顺着极其拥挤的七姐妹路(Seven Sisters Road)走下去,达到芬斯伯里公园(Finsbury Park)旁的车站后,我钻进一道不起眼的铁门,上了一段台阶,然后就来到了一片我渴望已久的已褪色的深草地。那里有几百朵黄色和紫色的野花，还有成群的蜜蜂和蝴蝶。我是在工作日歇假来到这里，所以整个公园里人很少；周围只有寥寥数人。我在这个小小的保护区里流连了几个小时，拍摄一些细节景象，并试图录制一些昆虫的短片（但以失败告终）。火车呼啸着穿过公园，但不知怎地，这噪声居然被我忽视了。我真的忘了它的存在，完全沉迷于观察那些植物，它们如何长到我的腋窝的高度，以及太阳如何照出远处的物体的剪影。天空中阴霾密布，热浪一阵阵袭来。

像这样一块曾经的湿地，紧邻铁路和密集的居住区，能够转变成如今这样充满野趣的小岛，这是很有意义的。多尔斯顿的风车、麦田和花园都极富创意，但它们的临时性赋予了它们一种冲劲和快节奏，但说到底还是有些令人沮丧，而这些在吉莱斯皮是看不到的。这座公园的好处是它已经得到确立，它是长久的。这些随意生长的绿色植物与那些壮观的历史建筑一样，是伦敦的城市性格的重要组成部分，它们也应当受到同样的重视和保护。

此时的伦敦异常炎热。《伦敦标准晚报》（Evening Standard）的公告栏称昨天的气温达到了 41 摄氏度。为了远离办公室里的汗流浃背，慢慢享用一顿午餐，我和一位同事决定到河

夏季

对岸的伦敦大火纪念碑上去。这座圆柱形的纪念碑建于上世纪 70 年代,高 62 米,是为了纪念伦敦大火而建的。我们爬到顶上,俯瞰熠熠生辉的伦敦城在热浪的笼罩下弯曲变形。

这座塔目前来说并不算高;在伦敦的其他高楼上能看到更美的全景,但这里的有趣之处是你能看到许多细节——办公区的逃生梯、空调设备、空置的灰色地带等。

想象一下,假如所有的公司都能在它们的屋顶建造花园。像这次一样的热浪就远不会这样严重——这些绿化表面将会消除一部分混凝土产生的热岛效应。同时它也很美观。伦敦已经有了一些绿化屋顶,它们是有生命力的空中楼阁,不只是我那样的花盆和种植器皿,而是用泥土或培养基将整个屋顶覆盖,这样有利于植物的根部生长,也有利于野生生物长期栖息。但肯定还可以再多一些这样的屋顶,毕竟伦敦有些地方仍旧是沉闷的灰色。我们有大片区域被钢铁和砖块肆意占领,在这些地方,你完全有可能忘记这地球上除了人类以外，还有其他生命存在。

城市与乡村

  我刚刚去乡下参加了一场婚礼回来。我的朋友头戴鲜花，在一棵老橡树下完成了婚礼仪式。我们在果园里举杯祝贺他们，喝的是当地用黑莓果汁染成红色的苹果酒。我们在他们用自制彩旗装点的圆顶帐篷里尽情饮宴，然后在一个旧的干草棚里观看了乐队表演。蝴蝶不停地飞舞，到夜幕降临之后，漫天星光璀璨。而现在，我又回到了伦敦，再度被汹涌奔腾的繁忙气氛包围。

  我无法想象哪一种幸福能摆脱与这座城市的关联，但有时候我又为自己身处混凝土和玻璃之间感到有些悲哀。沮丧的时候，我开始听一些关于遥远湖泊和西黄松（Pinus ponderosa）的民谣歌曲，同时不停地在不平坦的沥青路上走动。我双眼满含热泪地走着，永不熄灭的街灯在我眼前模糊成了一团团炽热的蒸汽。这种时候，我必须要找出这座城市的偏远地区，逃到那些隐蔽、不为人知的地方去。

  参观过另一个伦敦人的屋顶后，夏天也进入了尾声。临时店铺和高级夜总会是今夏城里最流行的事物。我和朋

夏季

友正在赶往一位艺术家在伦敦东区的家里，那里有一个临时餐厅兼童话式装置。这位艺术家有一个生活/工作两用空间，现在被他改造成了一个烹饪场所。今天是这个项目即将结束的最后一个周日，我们有几个人留到很晚，并有幸参观了他的大屋顶。

我们爬上梯子，就看到一片奇妙的空中场地，这里有一间介于塔楼和花园小屋之间的卧室，还有一个宽阔的养鸡房，一旁有三只小鸟在欢快地啄食。能在这里见到它们真好，尽管要在城里这个肮脏的角落面对寒夜的肆意侵袭，但它们却表现得冷静淡定。

在屋顶上养鸡是一件富有想象力的事。它展现了普通的都市空间无限的可能性。自然，无论以何种形式存在，在这些地方总会显得格外重要。这里很美，虽然违反常规，却依然很美。

告别了难以抵挡的诱惑，我回到了自己的屋顶。我已经接受了我无法自己养鸡的事实，因为与那位艺术家相比，我的空间实在太有限了。不过屋顶确实在过去几个月里慢慢地变成了一个小小的丛林。我翻看3月份拍的屋顶照片，今昔对比，已经有了翻天覆地的变化。最近几周里，屋顶看起来一派生机盎然的景象。

随着9月的来临，它大概已经过了郁郁葱葱的阶段，现在植物的叶缘已经开始变得粗糙不平了。许多花已经结出了种子，草莓需要照料，生食菜叶也日渐稀少。皱缩的菜豆叶子吹进了我的房间，预示着秋天的到来。不过它们现在还在开花，所以我的菜豆晚餐还有保障。

我开始考虑冬季作物，并制订一个严寒计划。虽然有些不情愿，因为我希望假装夏天永远不会过去，但同时我也有些激动。如果能够种植，或者至少培育一些作物，那么冬季也可以过得开心点。我最近读到，一些耐寒的生菜可以在冬季播种，早春采收。那些书还建议在夏末播种一些洋葱、菠菜、萝卜和中国的绿叶蔬菜，并且在早秋种植一些大蒜和水仙种球。

但实际上目前还有许多东西可吃——菜豆、香草、生食蔬菜，还有一个西葫芦（如果幸运的话）、一棵新栽的辣椒，还有那么多番茄。我想尽量利用现在温暖的天气和天光尚存的傍晚。

PART FOUR
AUTUMN

秋 季

10　九月底到十月

秋天的气息

我前几天偶然见到了两位老太太,丹芙妮和莉莉安,她们已经在一栋壮观的哈克尼大厦里住了三十多年。在这个明媚的秋日早晨,我听着她们讲述从她们高耸入云的大厦里看到的自然美景。她们的公寓在 7 楼,她俩满足地坐在厨房里,喝着茶,一支接一支地抽着烟,欣赏着外面水库的全景和远处的伦敦中区。

在她们烟雾缭绕的厨房里,我这位客人的眼睛先是寻找着"小黄瓜"、英国电信大楼和远处的伦敦眼的踪迹,然后稍稍收回视线,望向一个本地教堂的尖顶,再看看在大厦楼下泛着亮光的水面上栖息的许多小鸟。我听着两位女士讲述的狐狸和雷暴的荒野传奇,不由得睁大了双眼。这是一座毫不起眼的大楼,从外表看来似乎在讲述着最糟糕的城市生活,拥挤,黯淡,但里面却通透光明,拥有自然和城市的双重美景,并且住着令人喜爱的女士。

秋季

几天后，我来到伦敦中区，躺在圣詹姆斯公园（St James's Park）的草地上，望着那片被英国梧桐的黄叶镶了一圈的蓝天。后来，我沿着运河骑行，看到一株爬在红砖仓库侧墙上的五叶地锦正在慢慢地变成有光泽的深红色。

秋天真的来了，不过依然可以在屋顶上享受片刻的时光。我现在还是会穿着短裤，让自己沉浸在最后的日光浴里。但的确，季节的更替即将发生。我所在的这条街的尽头有一棵欧洲七叶树（*Aesculus hippocastanum*），现在果子已经掉了一地；本地的松鼠们突然间又变得异常活跃起来，忙着为将要到来的寒冬掩埋食物。

一只灰松鼠最近开始试尝番茄。那可是我的番茄，我那些用种子种大的可爱的番茄。我不是坏人，我乐于分享，但这只松鼠根本就不喜欢番茄。它会偷一个（经常是未成熟的），吃掉一半，然后把软烂的另一半留在花盆里。它还不长教训。第二天还会再采一个，吃掉一半，然后发现这不是它想要的果子，就把它丢掉。我想你们能够理解这有多么可气。假如它能整个吃下去，并且爱吃，倒不是件坏事。

那些番茄，它们非常不可思议。我现在每天会采一些，一部分采下来直接吃掉，放一些在沙拉里，其他的装在小盒子里带到公司去吃。一小盒番茄可以使我离不开电脑的办公室工作变得不再那么难以忍受。我希望还能继续采摘一段时间。

但菜豆的长势就没这么好了,实际上情况有点不妙。它们看起来老瘦干瘪,秃斑点点,叶色黄褐。上面还有一些神秘的虫子——看起来像瓢虫和甲壳虫的结合体,它们喜欢成群结队地住在菜豆上。我不确定菜豆的死亡是由它们造成,还是已经到了寿终正寝的时候。

对于它们的死去,我感到难过,但我们一起度过了一个美好的夏天。我吃到了许多次美味的菜豆晚餐——简单蒸一下最好吃,我还让它们得到了一些人的赞美。几周前,我带了一把菜豆去参加百乐餐,颇受好评。我很高兴听到人们对菜豆的赞美。

我一直在寻找一些能够抵抗严寒的耐寒作物,准备延长屋顶上的种植季。我已经种下了洋葱,来年早春可以采收,还有甜菜、菠菜、欧芹和芝麻菜,希望能在秋季和冬季较温暖的时候采收。我打算再种些大蒜,然后调查一下,也许会种植一些冬季的芸薹属蔬菜。我这个周末还买了一些春季发芽的种球,有古典水仙和番红花,还有两颗大花葱。

临近10月,我做得更多的一件事是收集种子。此时,那些在我房间里逐渐干枯的种子看起来很具观赏

性。我把它们装在一个旧的玻璃瓶里，放在一个咖啡矮桌上。这张桌子实际上是一个用围毯盖住的纸板箱。日渐鼓胀的樱桃萝卜果荚和伞形的芫荽种子看起来尤其美丽；芫荽种子总是让人想要啃上两口。

探访

已经是10月了，天气温暖，时常有风。被风吹掉的叶子落得到处都是。虽然天空阴沉，但昨天在绿树成行的南岸散步的时候，感觉像是走在一片金色的河滨森林里。黄色的英国梧桐树叶纷纷落下，为路面铺上一层柔软的毯子，为它染上秋天的颜色。在刚刚落下的落叶间行走总是一件乐事。

今天天气晴明，有风，非常适合喜欢好天气的园丁。我也终于完成了我的冬季准备工作。上周末把菜豆清理了下来。我与那些粗糙的豆蔓进行了长达一小时的搏斗，它们都紧紧地缠在了网架和竹竿上。所以，今天我把那些夏天种着荷包豆的大花盆翻挖了一遍,然后种进了花和大蒜种球。网架和竹竿现在成了一个复杂的松鼠威慑系统,但我担心它起不了什么作用。

尽管天气不好的时候,我就是一个毫无用处的园丁,但我已经开始学着在天气变凉、雨水增多的情况下继续享受我的屋顶。当我看到植物尽情地吸收水分时,我甚至开始喜欢最近的雨了。此刻的屋顶看起来确实很美,清爽、脆嫩,而且多姿多彩。

我的花烟草已经持续开了好几个月,而且我惊喜地发现一些迟开的月见草。紫花的帚石南开得炫目,而薰衣草的花已经干枯,变成了易碎的灰色,但带着浓浓的香味。我打算折下几枝来增加我房间的香味。这个月,就连我的罗勒也在炫耀它精致的白色小花。屋顶不再像从前那么杂乱,但还是有丛林的气息。

小动物的造访是花园繁茂的一个标志。10月以来,不仅有普通的斑尾林鸽和松鼠在美国梧桐上表演杂技,还有一只黑、白、红相间的大斑啄木鸟(*Dendrocopos major*)。我知道伦敦有啄木鸟,但我从未见过。当我透过蒙着水汽的浴室窗户窥视屋顶和那棵树,看到它在树干上轻快地敲击树干时,我心里乐开了花儿。

在颜色和斑纹方面，这只啄木鸟与屋顶上的神秘昆虫有许多相同之处。由于荷包豆被砍掉了，它们暂时无家可归，所以转移到了其他几个地方。我已经得知它们是稻绿蝽（Nezara viridula）的中龄若虫，是英国的外来物种。稻绿蝽原产非洲，它们躲藏在运送的食品中偶然地来到了英国。它们在欧洲南部很常见，在本地的数量也在增加。它们显然很喜欢番茄和菜豆。难怪它们会被我的屋顶吸引，这里十分温暖，而且有许多菜豆和番茄。

我又查了一些资料，发现这种不再神秘的昆虫会危害菜豆等作物，造成落花、落叶、果实畸形等。谜题终于解开了，而且十分有趣。也许这个物种反映了我们的气候变化趋势，以及这些变化对我们的野生生物和作物的影响。由于天气逐渐变暖，各种小动物都可以在这里生活，但其他一些喜欢凉快的动物则会被迫北迁。气候变化将对野生生物产生巨大的影响，而且气候的改变意味着园丁们将要对付更多新的外来害虫。

将昆虫的烦恼抛诸脑后，我在秋季依然采收着番茄。实际上我刚刚跑出去摘了一颗，尝起来一如既往的美味。但生长的速度减慢了，它们需要更长的时间才能变红。我正在屋里尝试催熟几个青色的果子。我用一颗成熟的红色番茄诱使一碗青番茄变红。这样做有效果，但进展很缓慢。我拿出了十足的耐心，等它们变色后一颗颗地吃掉。上周末我又种了一些冬季生菜，我 9 月种下的那些耐寒生食蔬菜和绿叶菜长势很好，长出了许多绿色的嫩叶。我想屋顶的食物供应还可以继续维持一段时间。

11　十月底到十一月

苹果、苔藓、地衣

我刚刚新发现了一个公园——它的形状狭长,离我的住处很近。新河步道(New River Walk)沿着人工开凿的新河河道,这条河过去曾把伦敦北部的赫特福德郡的泉水引入沙德勒井。现在这条河流经伦敦的部分多已转为地下,但它的地上段确定了这个从海布里蜿蜒至安吉尔的公园的形状。

一个10月底的下午,我沿着步道散步,只见垂柳在泛着银光的绿波中投下游移不定的阴影,灌木丛里星星点点地散布着一些浆果,树木闪现出红、橙、棕、粉等各种颜色。鸭子们在厚厚地平铺在水面上的水草间辟出了许多小路。人们在悠闲漫步,有成双成对的,有带着孩子的,有牵着狗的,也有孤身一人的。一派深秋景象,宁静而优美。

散完步之后,我坐火车去了布莱顿,我有位大学时代的朋友住在那里。她现在志愿在这座海滨城市的陡峭的小山顶上种了一块菜地。这块起伏不平的菜地有1英亩,是个观赏风景的好地方——一边是布莱顿和大海,一边是绵延的南部丘陵。那个周末我们在那里待了一两个小时,给圆白菜捉蜗牛,还采收了芝麻菜和晚熟的树莓。

但这些工作远远不如榨苹果有意思。菜地的主人借来了一台传统的苹果压榨机,要在那个周末尽量多榨些苹果汁来酿苹果酒。使用苹果切割机令人有一种满足感。我们用它来压碎苹果,然后利用一组有力的轮齿将它研磨成浆。我在切割的时候,身上沾了好些苹果皮和果汁。

这里的工作人员分享着地里出产的大量食物。我带了一大袋芝麻菜回到伦敦,用了快一周才吃完。与屋顶相比,那里的生产力是巨大的,我对此感到一丝敬畏。一经比较,我的屋顶的产出看来少得可怜。

说到苹果,我最近还想起我妈妈自制的苹果黑莓派,一大块儿三角形的派浸在滚热的蛋奶沙司里。妈妈的派特别美味,因为酥脆的饼皮包裹着糖渍过的自家产的苹果,还夹杂着从房子附近的绿篱墙上找来的黑莓。

我这个关于派的幻想使我想到了果园,以及它们的重要性。传统果园里通常有着丰富的栖息场所——各种树、灌木丛、树篱和草地——可以容纳许多野生生物。小动物们在秋天尽情享用着掉落的果实和被果实吸引的昆虫,为接下来几个寒冷的月份做准备。白果槲寄生（*Viscum album*）是一种半寄生植物，主要寄生在苹果树上。它的种子靠槲鸫（*Turdus viscivorus*）传播。一串串白果槲寄生的白色浆果挂在果园里，在冬天成为鸟儿们一个不错的食物来源。蜡伞菌、大秃马勃（*Calvatia gigantea*）和四孢蘑菇（*Agaricus campestris*）等真菌出现在果园的地面上，檐状菌则从树干延伸到地上。

住在伦敦，我以为也许这里不会有那么多果园。但这显然错了。通过粗略的搜索，我发现这里有许多果园，有些果园已有数百年的历史，有些则是新的社区项目。我工作的地方就在泰晤士河的南面，结果我发现这个地方与一个名为"西林（Cellini）"的苹果品种有关——根据1884年出版的《水果手册》（*The Fruit Manual*）的记载，它是"一种精致、艳丽、美观的苹果"。它是由沃克斯霍尔（Vauxhall）的园艺师伦纳德·菲利普斯培育的，于1828年推出，随后在整个19世纪被种在了伦敦各地。

我不知道我的屋顶能否容纳果树，但关于苹果的想法促使我见到并帮助一些鼓舞人心的伦敦人在附近的一处低层住宅的周围种植果树。当地人已经把他们的公用绿色空间变成了一个果园，很快这里就会年年结出累累的苹果、梨、李子，甚至桑葚。

有一件事也许不那么显而易见，那就是果园也是一个观察苔藓和地衣的上佳场所。如果你把视线转向生命微小的一面，就会看到，地衣将地面染成了彩虹般的颜色，而湿漉漉的苔藓组成的微型森林和山峰则熠熠生光。在我小的时候，我经常花几个小时的时间编一些住在小小的苔藓和地衣世界里的人的故事。

地衣有四种形态——壳状地衣、鳞片状地衣、叶状地衣（有时呈果冻状）和枝状地衣（看起来有些毛茸茸的）。地衣是一种二元性生物体，由两种和谐共生的不同生命形式组成。地衣地貌不仅美观，而且是环境健康的晴雨表。本地的生态学家利用伦敦的地衣来监测空气质量，近年来也用于监测气候变化带来的影响。此外，昆虫在地衣中生活，还有一些小型鸟类喜欢把地衣当作具有伪装作用的筑巢材料。伦敦有一百多个不同的地衣物种，从亮橙色的（*Xanthoria parietina*）到苹果绿色的皱梅衣（*Flavoparmelia caperata*），还有灰色的叶状（*Parmotrema perlatum*）。全球的地衣物种多达 1.7 万种。

苔藓则是简单的陆地生物，喜欢潮湿的环境，经常成片地长在岩石、树木和墙壁上。苔藓不开花，用孢子进行繁殖。它们一般体型很小，但与众不同的金发藓可以达到30厘米高。本地最常见的苔藓是细叶卷毛藓（*Dicranoweisia cirrata*），高约2厘米，有着细小的叶片。如果你能在向阳的墙壁上找到一块儿厚实的细叶卷毛藓，倒是可以做一个舒服的枕头。

我的屋顶上也有一些苔藓和地衣块，但是要想观赏繁茂的苔藓和地衣，最佳地点还是教堂，因为它们喜欢在墓地里生长。万圣节那天，我们几个人来到了这样一个地方。位于伦敦东北部斯托克纽因顿区的阿布尼公园公墓（Abney Park Cemetery）里密布着坍塌的雕像，沿着蜿蜒的小路走下去，就会来到一处荒草丛生的地方，里面有许多野生生物。狐狸和灰林鸮都喜欢这个地方。在万圣节的下午，一群哥特爱好者围在一座墓碑前面，几个浓妆艳抹的乐队成员在摆出各种姿势拍摄宣传照，一旁有行人在独自散步，还有一些人三三两两地坐在长椅上闲聊。鸟儿们在寒冷的空气里发出悦耳的鸣叫，我们呼出的热气在空气里变成了白汽。

就像伦敦的大多数绿色空间一样，这个地方坐落在一个高楼林立的繁华区域。这里在新石器时代是一片原始森林；当罗马人来到英国时，这里还居住着狼和熊；后来又变成了牧场和森林公园；19世纪成为公墓。在这个万圣节之夜,在 10 月与 11 月交替的时分,阿布尼散发着一种魔力。地衣和苔藓的微观世界,在这些死去多时的逝者们坍塌的纪念碑上覆盖、铺展开来,这景象在阴森的幽光里看起来格外迷人。我像回到自己的小时候一样,想象这些地衣和苔藓间居住着许多小人儿,当然,他们都穿着女巫和食尸鬼的服饰。

骑车

作为一名紧张兮兮的城市车手,我花了很长时间才出了家门。首先要做好心理准备,这就包括研究网上的行程规划工具,仔细设计容易记忆的路线,然后要把易于携带的口袋大小的完整街道地图整合起来。还要挑选合适的服装:紧身裤和舒适的鞋子,麂皮手套和一条有图案的头巾。还有一次又一次地打包。车锁、钥匙、车灯(以防天黑),还有备用地图。装扮完毕,目的地明确,我还要坐下来再检查一遍之前仔细设计的路线,轻声地重复那些路名,这是给伦敦那些容易混淆的街道的颂歌,同时这个精心设计的方案将会把我从这里带向那里。

终于我来到外面,打开了车锁。这又花了许多时间,因

秋季

为我缠在了车锁绳里,然后把沉重的车锁掉在了我的脚上,我的鞋子的舒适度还不足以应付这样的遭遇,这让我苦恼不已。后来,我终于骑到了我们的侧巷,我的包和脚踏板不时地剐蹭着两旁的墙壁。最后,当我沿着花园小路向大街骑的时候,倒在了邻居的花坛里。历尽坎坷,一如既往。

我深呼吸一下,然后就离开了。我身上有点儿泥泞,一副狼狈样,但还是热情高涨。风从我身边呼啸而过,我努力平衡着身体,腿伸长,脚踩踏板,背部弓起来,保持一个较为舒服的骑行姿势。我支撑起身体,迎面而来的是气流、汽车、巴士和噪声。我在一个繁忙的路口减速,然后迅速转入一条支路,四周恢复了平静。来到陌生的地域,自由的感觉油然而生。我在伦敦这片宁静幽雅的住宅区轻松愉快地骑行,这里离我的陋室很近,有着壮观的广场和带门的私家花园。

我在伊斯林顿曲折穿行,划出一道向下的平滑弧线。很快我就来到运河,道路也变成了小径。我向西骑行,现在速度慢了下来,不时避让着其他自行车、行人和跑步的人。水面上漂浮着秋天的落叶,鸭子们在水里自娱自乐。我停下来,旁边有一些顽强的植物,似乎要冲破墙壁,覆盖到混凝土上来。我用手指缠绕着它们。这些攀援的叶子正在变成烧焦的颜色,是一种季节性的遮阴植物。它们与墙上的涂鸦混杂在一起,成为河道的背景色彩。水面的反射增加了光的强度,使它更强、更亮。

有个人坐在长椅上,拿着一本平装书,享受着微弱的阳光。他身后隐约现出灰色的街区,那是一些能够望见运河和城市风景的高层住宅。黑色的白骨顶(*Fulica atra*)在水里鸣叫,在灰色的水面上滑来滑去。丢弃的蓝色塑料袋被吹到了日渐凋零的树木和灌木上,固定在树枝上,像旗帜一样迎风招展。有沙沙声,有回声,有嗡嗡声。我的刹车发出不和谐的吱吱声,提醒着漫步者们注意到我这辆自行车的存在。在从一座桥下通过前,我耐心地等了一会儿,利用这个空隙想了一下,我对于成为一名城市车手是非常高兴的。

野外与落潮

我近来在屋顶上的时间不及我想要的那么多。天气不太好,而且白天在家的时间越来越少。但昨天天空变得湛蓝,我腾出宝贵的几分钟时间在我的秘密花园里待了一会儿。花园后面隐约显现的美国梧桐叶子快落光了,但仍有残留的叶子飘浮在空中。这天是周六,那些最后的叶子放慢了动作在屋顶四周飞舞。我不断地从眼角余光看到它们,错以为是棕色的蝴蝶。

虽然天气恶劣，但我10月初种下的球根和种子都长势良好。已经有了许多绿芽——是生菜、洋葱、大蒜和观花植物的叶子。我的平叶欧芹的植株长得尤其健壮。番茄的生命刚刚走到了尽头，植株看起来干枯皱缩。现在藤蔓上还有一些孤零零的果子，但我不指望它们能变红了。松鼠在觅食无望的时候，还是会来啃咬它们。

昨天几乎无法到外面去，偶尔出去也只能坐下看看。在经历了一个供人闲逛的夏季之后，屋顶现在开始变得不那么像世外桃源了。这几天，即使选择打开门，让新鲜空气吹进卧室，也会把人冻僵。随着天气变冷，我的屋顶也失去了吸引力。我仍然爱它，但我不再花那么多时间待在屋顶了。

在这个时节，人们需要穿越更大的户外空间，才能保持暖和，并展示令人艳羡的粉红色脸颊。这周我跟一位好朋友进行了一次长距离步行。这是工作日远离办公室的一件乐事。我们在一家小咖啡馆里喝了汤，然后在汉普斯特公园冒着秋雨漫游了几个小时。

一场突如其来的暴雨让叶子闪着光亮，灵巧地飞落下来。树干上的地衣散发着石灰绿色的荧光。透亮的小水珠在粉红色的饱满红果上形成小小的球形。雨又下起来,树冠在我们头上形成了一把把保护伞。我们搜寻着,找到了两年多以前见过的空心树。这棵树占地很大,底部有些鼓起;中空的树干可以容纳两个人在里面坐下。它确实独特。在那天看来尤其如此,因为我们花了几年时间才重新找到它。

在荒原里走着,你的烦恼就会溜走,你会听到内心所意识到的恐惧,真是不可思议。在这里,你可以忏悔,也会得到庇护。在这个伦敦少有的地方,大自然看起来辽阔而伟大,它能够实现任何一个人类无法做到的事,于是忧虑也变得不再难以控制。人更容易表现出诚实,也更容易倾听。

在那次精力充沛的工作日徒步之后的周末,我兴奋地坐在一辆Vespa的后座上,向西出发。我们骑了很长时间,才到达特威肯汉的泰晤士河段。但天气很好,而且骑着摩托车穿越伦敦市区的新鲜感使我欢欣雀跃。我们来到这个西边的泰晤士河段,是因为我们决定在这里查看每年11月放水的情形。在上周之前,我对此事还一无所知。

每年里士满船闸(Richmond Lock)会将溢流堰抬起,以便伦敦港务局对潮闸、溢流堰和水闸进行必要的维护工作。溢流堰抬起后,里士满船闸和泰丁顿船闸(Teddington

秋季

Lock）之间的河水会在落潮时自然排空，这样人们就会有一个一年一次的短暂机会进入河水之下的河滩。放水之后的落潮水位最低，鳗鱼派岛（Eel Pie Island）周围的河水几乎会消失。

我们停好摩托车，然后向排空的河道走去，在渗水的烂泥里走动，脚下发出咕嘟咕嘟的声音。我们在数百个贝壳上踩过，在各种碎片中穿行。我们看到苍鹭们站在那里，像古代的雕塑一样。它们一定在想，水到哪里去了，然后快快地开始在那个类似沼泽的地方寻找猎物。白骨顶和海鸥在剩下的小水洼里啄食。一个生锈的航标赤裸裸地侧翻在露出的地面上，上面覆盖着一棵缠成一团的绿色野草。空气很潮湿，说明快要下雨了，但天光还亮。我们一直走到有水的地方，然后我才发现我那双耀眼夺目的红色威灵顿雨靴其实并不防水。

12 十二月到一月初

关于结局的想法

自从搬进这个公寓、接手这片屋顶之后,我有了一种更加踏实和成熟的感觉。我想是因为我有了一些需要照料、需要观察它们成长的东西,除了我自己那些荒唐的窘境和神经质以外,还有其他事需要我操心。自从有了屋顶,我也注意到了以前没有留意的一些伦敦的小细节——她那丰富的绿色和棕色的色调,太阳如何划过她的天空,她的光影,以及有多少雨水落在了她的街道上。

现在又是冬天了,我打理空中食物花园的这一年已经接近尾声。在我写文章的时候,我抱着一瓶热水,穿着好几件套头衫、滑雪袜和一对厚实的羊毛袖套,感觉很惬意。我刚完成一次愈来愈冷的自行车骑行,正在慢慢地暖和起来。现在是 12 月了,才下午 2 点半,但外面天色已经有些昏暗,看样子要下雪了。

今天是冬至,一年中白天最短的一天。我正在回忆,

秋季

回想这一年里的成功和悲剧。最成功的是我的红色果实——草莓和番茄。我现在坐在高处，寒冷彻骨，裹着羊毛衣物，深情地想起那些在整个夏季里挂满我阳台的美味果实。多汁的草莓和番茄，最好的食用方法就是摘下来，还带着阳光的热度，直接送进嘴里。

第二成功的是叶子黏黏的花烟草。我的花烟草在夏季和初秋开满了白色的喇叭形花朵。夜晚开花的花烟草是茄科植物，香烟原料烟草的近亲。但不同于烟草需要经过烘干、卷制，然后生成一缕缕盘旋的蓝烟，花烟草散发出肉眼看不见，但却同样浓烈的香雾。这些花通常白天闭合，黄昏来临时才开放。我这难以抗拒的花烟草是出色的营销大师，招来了许多嗡嗡作响的昆虫。我愿意把鼻子埋进它们的花里，感受浓香袭人，然后躺下来，捕捉晚风里飘浮的暗香。

第三成功的是荷包豆。这个夏季，它们在屋顶四周交织出了一面植物墙，并且为我提供了美味的蔬菜。第四是香草和绿叶植物，各种嫩叶为我的沙拉带来了彻底的改变。第五是薰衣草——这种银色叶子的芳香植物用花蜜把附近的蜜蜂迷得神魂颠倒。那些晾干的小枝现在插在我头顶书架上的浓缩咖啡杯里。

那么悲剧呢？我接手的西葫芦就是一例——它的确开

了几朵花，但只结出了一个长相寒碜的瓜，后来葬送在了黏滑的蜗牛口中。种植西葫芦的失败经历使我感觉有些尴尬，因为在我认识的人中，凡是种过西葫芦的，都说它容易种，而且最后结的果都吃不过来。另外一个悲剧是没长出来的黄瓜。我试着种了两次黄瓜，但我种下的是黄瓜种子，长出来的却是蘑菇，两次都是如此。同样的还有"弗拉明戈"甜菜。我种了许多种子，但只长出了一棵极小的植株。

想当初，早春时节，我的卧室里一片混乱，因为在我狭小的公寓里，这是唯一能够遮风挡雨、可以作为苗圃的地方。由于我的房间不大，我还造成了好几起严重事故。早春的傍晚充满了危险，因为我经常打翻种盘，泥土和幼苗都洒落在地毯上。

我发现我喜欢穿着睡衣干园艺活儿，也享受用种子种东西，看着它长大，然后把它的果实做成佳肴。我在屋顶上做过白日梦，也在外面度过了愉快的时光。这也是让我结识新朋友的动力。花园使我看到伦敦和都市生活全新的一面。这是一个如此有趣的项目，我都迫不及待地想要为来年制订一沓计划了。

但回到此时此地，很可惜，我这几周在花园里的时间都少得可怜。这个时候，外面实际上没有任何工作需要做。

一切都很整洁,春季的种球已经埋好,冬季的绿叶蔬菜也种好了,而且,确实,现在实在是太冷了,不适合四处打转。在晴朗干爽的日子里,外面固然很好,但12月总体上一直有点儿阴沉。

这周末就不同了——屋顶上积了一点儿雪,而且结了冰。我那些英勇的冬季生菜沾上了一些冰冻的雪花。此时又开始下雪了,我有点儿为这些生菜和绿叶蔬菜担心,它们本来长势良好,但现在却遇上了这场强烈的寒流。不过现在的屋顶真美。我的植物都挂着冰凌,沉重的冰层把小灌木都压弯了。虽然很冷,但不失精致和热闹。

新年及附言

最近我与屋顶的关系有些滑稽。通往屋顶的那扇薄薄的玻璃木门被卡住了。所以有好几个星期,我根本无法出去。进入花园的唯一方法是小心地从浴室窗户探头出去。从这个水汽弥漫的角度来看,我见到一只灰松鼠在我的花盆里掘土,偶尔被罕见的阳光照到。我还见到了雄性和雌性的乌鸫前来探访。我知道乌鸫不是一个不常见的或奇异的物种,但我认为普通的乌鸫是我的最爱。来这儿的那只雄鸟毛发蓬乱，但叫声很动听，雌鸟则长着温暖、柔软的棕色羽毛，显得很丰满。

我现在患上了园艺紧张症。我已经几周没有在屋顶上做过任何有用的事，我现在担心我的园艺技能会退回到初学者的水平。这个周末的傍晚，我去喝了杜松子酒，在一个潮湿的地下酒吧，里面装饰着花卉图案的墙纸，已经有些剥落。我用一个骨瓷杯喝了一种名叫"园丁茶歇"的鸡尾酒。潮湿的空气、剥落的墙纸、我喝的烈性饮料的名字——都很合时宜。我玩弄着这套花哨的杯碟，突然意识到，我这次沉迷于伦敦的杜松子酒而非园艺的时间已经太长了。我的手需要重新沾点儿泥土了。

一个漫长难熬的夜晚意味着昨天是完全白费了。但是一整天大多数时间待在床上，怅然地看着太阳用奇怪的冷光把我的黄色窗帘燃烧起来，却让我有机会静下心来思索，想一想接下来我到底要怎样收拾门外的局面。

浪费了一天之后，往往会迎来高效率的一天。今天我早早地来到了屋顶上。我终于打开了屋顶的门，为此我费了九牛二虎之力，不住地深呼吸。屋顶沐浴在清晨的阳光里，我身上裹了一件厚厚的大衣。我做了些清理，挪动了一些东西，手开始慢慢发紫，我也开始重新适应屋顶的空间和角落。我扫走了叶子,把用过的一段段线绳收集了起来,把空花盆摞了起来,然后把竹竿捆成了整齐的几捆。在我暴躁不安的几个月里,我和我的花园曾经透过凝结着水汽的窗户彼此黯然相望,后来我们突然又和好了。

今年我的手头有些拮据。我丢下了我的办公室工作,增加写作量,但收入却不如从前。因此现在我的屋顶项目既是出于必要,又对我提出了挑战。说它必要是因为自己种菜确实可以省钱,而挑战则在于,虽然到目前为止我的园艺花费并不高,但今年还要更低。带着这种想法,我开始留意观察别人的空置物品。

我有几个邻居正在处理旧家具,我从他们那儿弄了一个梯架储物单元,为此我很兴奋。我不知道它是做什么用的,但经过一点儿有创意的木工改造,我觉得它可以成为一个很不错的生食蔬菜和香草种植器皿——属于我的绿叶梯架。我还在垃圾箱旁边捡到三个被丢弃的油漆桶。只要打一些排水孔,它们就可以成为很好的深花盆。

  我还决定今年要在那双漏水的红色威灵顿雨靴里种上小胡萝卜,还要用麻袋包种土豆。我要装一节排水管,然后在里面种生菜,我还要种好西葫芦和樱桃萝卜。今年我会多考虑堆肥,并想想饲虫箱是否可行。我会拼尽全力至少说服一个人养鸡。今年的屋顶会比去年更像丛林。

PART FIVE
SELECTIONS

琐 记

种过的植物及生长情况

罗勒——作弊。我试过用种子种罗勒,但没有成功。作为一个罗勒爱好者,在失望之余,我选择了作弊,最后种了一棵从超市买来的大罗勒。

月桂——容易。屋顶上需要有一些树木,即便是很小的树。月桂树容易养护,而且非常耐寒。我希望它能陪我很长时间。月桂叶很适合加在冬季的砂锅菜里,可以带来浓郁的香味。

芫荽——也很容易。这种香草割掉之后还会再长,放在沙拉里生食很美味,略微烹调一下也很好。芫荽的花像白色的小星星,之后会结出味道很浓的种子,干燥后研碎,可以用来给咖喱菜和炖菜调味。

月见草——美丽的种穗。月见草为我的夜间植物增添了色彩。从商店买来的穴盘里长出了高高的茎秆,花期从夏季延续到初秋,甚至还能越冬。美丽的种穗干燥后成为了我的房间和屋顶的装饰品。

平叶欧芹——长得很快。我们一开始根本合不来,我不喜欢它的味道。后来我腌制了一些,然后我就离不开它了。它味道强烈,甚至发苦的叶子已经成了我的沙拉里最重要的配菜。它还十分耐寒,使我一年四季都能吃到新鲜叶子。

"法式早餐"樱桃萝卜——有花无果。它们本来长得很好,但是由于我太过冲动,最后只收获了一个樱桃萝卜。这些植株迅速地长高开花,这时将它们连根拔起是粗暴、抑制开花的行为。鼓胀的果荚看起来很棒,无论是长在植株上,还是干燥后夸张地插在旧玻璃瓶里。明年我一定要克制自己。

薰衣草——英雄。这种茂密、尖刺状的植物呈银灰色,有时甚至泛着蓝色。极其容易照料,几乎不需要什么关注。它很抗旱,在夏末开放。紫色的齿状花与蜜蜂共舞,一碰,花香沁人心脾。我留了一些花,干燥之后可以在冬季装饰我的房间。

羽扇豆——灾难。起初非常健壮,星形的叶子上还挂着亮晶晶的露珠,但却以失败告终。我把它移到屋顶之后,它在短短几天里就变得半死不活，后来再也没能恢复，渐渐枯萎、死亡。我不确定还会不会再尝试。

薄荷——神奇。我在屋顶种了两种薄荷，现在我还想试种更多品种。需水量大，但长得很快。我采摘的叶子越多，这些植株反而看起来更大、更繁茂了。薄荷是我新近喜欢上的一种饮料伴侣。

芝麻菜——完美辣味。芝麻菜使所有沙拉都变得出彩，尤其适合与番茄和浓味奶酪同食。它不像我想象的那么容易种植，可能是因为我不够耐心，或者是我没有给它留出充足的生长时间。实际上我种得最好的时候是在冬季。由于它很耐寒，所以我在天冷的时候种出了最大、最美味的植株。

荷包豆——大获成功。红花菜都在屋顶上形成了一面有起有伏的植物墙。它们在春天开出小小的灯泡形花朵，看起来像红色的彩灯，很受蜜蜂欢迎。夏季，它们长出长长的豆荚，就像荷包豆应有的样子，深受我和朋友们的喜爱。蒸着吃，有点脆嫩的口感最美味。

生食菜叶——适合缺少耐心和空间的园丁。随便在什么容器里撒一些种子,覆上泥土,保持土壤潮湿,过几周就有取之不尽的自产生食菜叶了。我种的这些味道浓郁、样子美观的混合菜叶可以打败我之前买过的所有塑料袋真空包装的菜叶产品。

草莓——小小的胜利。这些草莓很喜欢在吊盆里居住,结出了又大又有光泽的果实。浆果一旦成熟,过五分钟左右就会脱落,它们的植株在夏季长出了许多匍匐枝。明年我一定要再多种些。

花烟草——我的最爱。不能食用,但令人愉悦。硕大的白色花朵在黑暗中发光,而且散发出阵阵甜香。植株死去后,屋顶上这些长长的干枯的茎和种荚在冬季看起来很美,特别是上面有雪结冰的时候。

番茄——快乐。这是一件赏心乐事,也是强烈的自豪感的来源——从种子开始把它们养大,与幼苗共用一间卧室,看着它们升入户外空间,看着它们成为健壮、美丽的植物,是一种无与伦比的经历。它们从夏末开始结果,直到初秋,每天只要吃一颗番茄,我就会愉快一整天,尤其是在气温下降、冬季将要到来的时候。

附 录

最美的时刻

黎明破晓时分,金色的阳光倾泻在东区水库上。

霍洛威市场住宅区的一扇打破的窗户闪着光,看起来像一张玻璃做成的蜘蛛网,把各种建筑捕进了网里。

肯辛顿公园的老橡树上,小猫头鹰们在雨中紧紧依偎。

冬末潮湿的海布里绿野,草地上点缀着鲜艳的番红花,树上挤满叽叽喳喳的鸟群。

以清晨鸟鸣作为配乐的失眠。

短暂的雨后,日出,然后哈克尼德 Woodberry Down 住宅区的高楼街区之间出现两道彩虹。

漫长、安静的仲夏下午，独自一人在屋顶上，只有阳光做伴，四周是正在生长的植物。

沿着塔夫内尔公园路（Tufnell Park Road）回家，温热的空气里弥漫着茉莉和玫瑰的香气，令人陶醉的夏日香气与一丝疲惫交织在一起。

傍晚。红酒。切尔西药用植物园。大量的蟾蜍和蛙。

周六早晨入睡前，蛾子扇动翅膀引起的微风拂过我的左脸颊。

穿着睡衣干园艺活儿。发型凌乱。视线模糊。

阳光照耀的砖墙上的宁静片刻，把昏昏欲睡的头枕在苔藓上。

在一个暴雨降临的晚上，通向屋顶的门开着，卧室地毯上留下了蜗牛的痕迹，银色的黏液衬着深蓝色的织物图案。有一点儿可怕，但又不可思议地令人愉悦。

建筑的一边长出一丛丛野草。

卡姆登路的 Kwik Fit 车库外面，一只看起来满身灰尘的蛾子在黄色钠光灯下飞舞。

一圈英国梧桐直接从林肯客栈绿野的沥青路上长出来，树干粗大，树冠亭亭如盖。一朵深色的大檐状菌像书架一样长在其中一株树干上。

羽扇豆的叶子挂满露珠。

地衣在色彩单一的人行道上画下的图案。

推荐书单

Ackroyd, Peter, *London: The Biography*. London: Chatto & Windus, 2000.

Carson, Rachel, *Silent Spring*. Boston: Houghton Mifflin, 1962.

Deakin, Roger, Wildwood: *A Journey Through Trees*. London: Hamish Hamilton, 2007.

Macfarlane, Robert, *The Wild Places*. London: Granta, 2007.

Sackville-West, Vita, *Let Us Now Praise Famous Gardens*. London: Penguin, 2009.

Selby, Amy (ed.), *Growing Stuff: An Alternative Guide to Gardening*. London: Black Dog, 2009.

Shepherd, Allan, *Curious Incidents in the Garden at Nighttime: The Fantastic Story of the Disappearing Night*. Machynlleth: Center for Alternative Technology Publications, 2005.

Various, *Grant 102: The New Nature Writing*. Summer 2008.

游览建议

阿布尼公园公墓, South Lodge, Stoke Newington High Street, London, N16 0LH
网站：www.abney-park.org.uk
附近的交通站点：斯托克纽因顿火车站

阿可拉剧院, 27 Arcola Street, London, E8 2DJ
网站：www.arcolatheatre.com
附近的交通站点：多斯顿王领地站

卡姆利街自然公园, 12 Camley Street, London, N1C 4PW
附近的交通站点：国王十字圣潘克拉斯站

切尔西药用植物园, 66 Royal Hospital Road, London, SW3 4HS
网站：www.chelseaphysicgarden.co.uk
附近的交通站点：斯隆广场站

哥伦比亚路市场, Columbia Road, London, E2 7RG
网站：www.columbiaroad.info
附近的交通站点：哈克斯顿站

东区水库社区花园, 1 Newnton close, London, N4 2RH
附近的交通站点：Manor House Tube Station

吉莱斯皮公园地方自然保护区, 191 Drayton Park, London, N5 1PH
附近的交通站点：阿森纳站

哈克尼都市农场, 1a Goldsmiths Row, London, E2 8QA
网站：www.hackneycityfarm.co.uk
附近的交通站点：哈克斯顿站

汉普斯特公园
附近的交通站点：汉普斯特站、海格站

新河步道，伊斯林顿。从加农贝里树林到圣保罗路

摄政运河，特别是安吉尔和百老汇市场之间的一段。
从 Little Venice 到 Limehouse Basin

李河，特别是清福德和哈克尼湿地之间的一段。从贝德福德郡的利格雷夫到伦敦的斯特拉福德
网站：www.river-lea.co.uk

"根与芽", Walnut Tree Walk, London, SE11 6DN

网站：www.rootsandshoots.org.uk

附近的交通站点：兰贝斯北站

斯皮特菲兹都市农场, Buxton Street, London, E1 5AR

网站：www.spitalfieldscityfarm.org

附近的交通站点：怀特查帕尔站

沃尔瑟姆斯托水库, Ranger's Office, Walthamstow Reservoirs, Thames Water, 2 Forest Road, London, N17 9NH

附近的交通站点：Tottenham Hale 地铁站

伍德兰步道，从芬斯伯里公园到海格。始于亚历山德拉宫火车站，终于汉普斯特地铁站。

感　谢

Timber Press 邀我写这本书。
Kitchen Garden 杂志，给我机会来写我的花园。
野生动物信托基金会，特别是伦敦野生动物信托基金会，
感谢你们给予我的启迪和知识。
我的朋友和家人，
感谢你们对我的种植和写作志向的极大支持。
还有 Ria，富有想象力的室友。

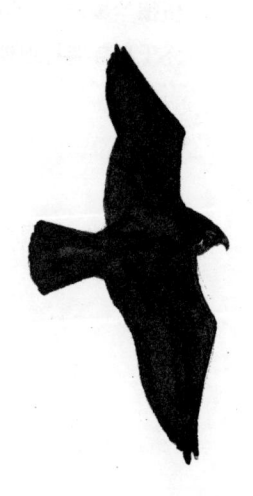

主题词对照表

Abney Park Cemetery 阿布尼公墓
allotment 市民菜地
apothecary 药师
apple 苹果
autumn 秋天

basil 罗勒
bat 蝙蝠
bay tree 月桂树
beach combing 河滩寻宝
bean 菜豆
bee 蜂
biodiversity 生物多样性
blackbird 乌鸫
Brighton 布莱顿
bus 巴士

Camley Street 卡姆利街

canal 运河
Chelsea Physic Garden 切尔西药用植物园
chicken 鸡
climate change 气候变化
Columbia Road 哥伦比亚路
community garden 社区花园
compost 堆肥
coriander 芫荽
crab 螃蟹
cucumber 黄瓜
cycling 骑车

Dalston 多尔斯顿
dawn 黎明
dew 露珠
drinking 饮料

East Reservoir 东区水库

eat 吃
eel 鳗鱼
estate 住宅区
evening primrose 月见草

farm 农场
flowers 花
frog 蛙
fungi 真菌

Gillespie Park 吉莱斯皮公园
global warming 全球变暖
Hackney 哈克尼
Hampstead Heath 汉普斯特公园
heat 热量
herbs 香草
heron 苍鹭
Highbury 海布里
Holloway 霍洛威

insomnia 失眠
Islington 伊斯林顿

journeys 旅程

King's Cross 国王十字区

lavender 薰衣草
lettuce 生菜
lichen 地衣
livestock 家畜
lupin 羽扇豆

magic 魔力
mint 薄荷
moon bathing 月光浴
moss 苔藓
moth 蛾
mystery bugs 神秘虫子

New River Walk 新河步道
night planting 夜间植物种植

orchard 果园
organic 有机
owl 猫头鹰

parsley 欧芹
peat 泥炭
peregrine falcon 游隼
perfume 香气
pest 害虫
Peter Ackroyd 彼得·阿克罗伊德
pigeon 鸽子
Pimm's 皮姆鸡尾酒
plane tree 英国梧桐
pollution 污染
postscript 附言

radish 樱桃萝卜
railway 铁路
Regent's Park 摄政公园
river 河
rocket 芝麻菜

salad 生食蔬菜
seal 海豹
Seedy Sunday 种子星期天
skeletons 枝干
snails and slugs 蜗牛和蛞蝓
snow 雪

solstice 冬至
spinach 菠菜
spring 春季
squirrel 松鼠
strawberry 草莓
summer 夏季
sun 太阳
sycamore 美国梧桐

Thames 泰晤士河
tobacco plant 花烟草
tomatoes 番茄
tower block 高楼街区

urban agriculture 都市农业

views 风景
Vita Sackville-West 维塔·萨克维尔 – 韦斯特

walking 徒步
wildlife 野生生物
winter 冬季
woodpecker 啄木鸟

图书在版编目(CIP)数据

我的花园、我的城市和我/(英)芭布丝著;沈黛译.—北京:商务印书馆,2014(2016.8重印)
(自然雅趣丛书)
ISBN 978-7-100-09092-6

Ⅰ.①我… Ⅱ.①芭…②沈… Ⅲ.①随笔—作品集—英国—现代 Ⅳ.①I561.65

中国版本图书馆CIP数据核字(2014)第079408号

所有权利保留。
未经许可,不得以任何方式使用。

我的花园、我的城市和我
〔英〕海伦·芭布丝 著
沈黛 译

商 务 印 书 馆 出 版
(北京王府井大街36号 邮政编码 100710)
商 务 印 书 馆 发 行
北 京 冠 中 印 刷 厂 印 刷
ISBN 978-7-100-09092-6

2014年5月第1版　　开本 880×1240　1/32
2016年8月北京第2次印刷　印张 4⅝
定价:26.00元